Brigitte Sandberg

Der goldene Taler

Die Märchen

Bibliografische Information der Deutschen
Nationalbibliothek: Die Deutsche Nationalbibliothek
verzeichnet diese Publikation in der Deutschen
Nationalbibliografie; detaillierte bibliografische Daten sind
im Internet über dnb.dnb.de abrufbar.

© 2017 Brigitte Sandberg

Malerei, Umschlag: Brigitte Sandberg

Herstellung und Verlag: BoD – Books on Demand,
Norderstedt

ISBN: 9783743192959

Inhalt

	Seite
Das Augenlicht des Jungen	6
Der schwarze Vogel	10
Der dunkle und der helle Vogel	14
Die Löwen	22
Die Seerose	27
Die sieben goldenen Kugeln	29
Das eingemauerte Mädchen	31
Der goldene Korb	34
Der Inseljunge	36
Der Mangobaum	39
Die Perlen	45
Die Puppenkinder	49
Der Ring	56
Ein Rotkäppchen	66
Die eiskalte Hand des Sängers	71
Das Schwert	74
Die sechs Finger	77
Das Steinkind	81
Der goldene Taler	87
Der verzauberte Vogel	96
Von Gesichtern verfolgt	102
Das Reh	107
Der Brunnen	111
In einem finstren Dickicht	114
Die Ente	119
Figuren schnitzen	121

Rosenufer	123
Die verwirrte Frau	125
Die Margerite	128
Aschenputtel	133
Die weiß gekleidete Frau	136
Der weiße Traum	140
Das weiße Licht	144
Der Wolf	147
Weinende Frau	151
Das dritte Auge	153
Der Lange	156
Weiß	158

Das Augenlicht des Jungen

Es war einmal ein Junge, der hatte kein Augenlicht mehr. Sein Vater hatte es ihm weggenommen, er hoffte, dass der Junge ohne Augenlicht sterben würde. Sicherlich würde er stolpern und in den See fallen, der drei Meilen entfernt lag. Aber der Junge war vorsichtig und lernte, in der Dunkelheit zu leben. Er kam gut zurecht. Doch was ihm Sorgen machte, war die Mutter, die er nachts oft klagen und weinen hörte, weil er kein Augenlicht mehr hatte. Darüber wurde der Junge in sich gekehrt. Er dachte nach, wie er der Mutter wohl helfen könnte. „Wenn ich nur wüsste, wo der Vater mein Augenlicht hingebracht hat!", sagte er laut. Da pickte ein Vogel an sein Fenster, er öffnete ihm. Er kannte den Vogel, dieser pickte immer dreimal an sein Fenster, wenn ihm aufgetan wurde, flog er in das Zimmer des Jungen und zwitscherte munter drauf los. So war es auch heute. Da sagte sich der Junge, dass vielleicht der Vogel Bescheid wüsste und fragte ihn nach seinem Augenlicht. Der Vogel kannte tatsächlich den Ort, wo der Vater es versteckt hatte, töten konnte er es nicht, denn ein Augenlicht war unsterblich. Er sagte: „Dein Augenlicht liegt auf dem Grunde eines Sees drei Meilen von hier." „Ich werde ertrinken, wenn ich es hole.", antwortete der Junge. „Du musst warten bis es dunkel ist", sagte der Vogel," dann steigen die beiden Augenlichter an die Oberfläche des Sees und leuchten." „Du weißt doch, dass ich nicht sehen kann!", erwiderte der Junge. „Ja, dass weiß ich", sagte der Vogel, „aber sie leuchten nicht nur, sondern sie strahlen auch Wärme aus und

das fühlst du. Sie bleiben aber nur kurze Zeit an der Oberfläche, dann sinken sie wieder auf den Grund des Sees. Du musst also schnell sein!"
Doch der Junge, der nicht gut genug schwimmen konnte, ertrank. Die Mutter weinte nun alle Tage, machte sich Vorwürfe, dass sie mit ihm nicht zufrieden gewesen war ohne Augenlicht. Auch der Vogel machte sich Vorwürfe und pickte nun an das Fenster der Mutter bis sie öffnete und rief: „Du aufdringlicher Vogel!" Aber da war er schon an ihr vorbei ins Zimmer geflogen. „Ich weiß, dass dein Sohn ertrunken ist", sprach er, „aber du kannst ihn retten, wenn du in der Dunkelheit in einem Boot auf den See hinausfährst und die beiden Augenlichter, die sich auf der Oberfläche des Sees für kurze Zeit zeigen, greifst. Doch das Boot der Mutter kenterte, sie fiel ins Wasser und ertrank.
Niemand mochte mehr an dem See spazieren gehen, der so Schreckliches barg und das Ufer verwilderte. Nur der schwarze Vogel kreiste jeden Tag über dem See. „Das ist doch komisch", sagte da ein Wanderer und schlug sich durch das verwilderte Ufer hindurch bis er zum See vorgedrungen war. Es war inzwischen Nacht geworden, da sah er auf einmal zwei Augenlichter auf dem See leuchten. Das war nun recht unheimlich, aber er fühlte sich angeguckt und da ihm die Augenlichter Wärme entgegenbrachten, wollte er hinschwimmen und den Menschen, dem sie gehörten, retten. Aber als er sie greifen wollte, verschwanden die Augen. Er schwamm ans Ufer zurück. „Sie werden wohl wieder auftauchen", sagte er sich. Während er wartete wurde er müde und schlief ein. Am nächsten Tag wanderte er ins Dorf. Hier erzählten ihm die Leute, was sich vor langer Zeit zugetragen hatte. Da kehrte er aus Trauer an den See zurück und

als es Abend wurde und die Nacht kam, tauchten die Augenlichter wieder auf und strahlten Wärme aus. Doch als er sie greifen wollte, gingen sie wieder unter. Da zog der Wanderer fort, aber erzählte überall, wo er hinkam das traurige Geschehen.

Eines Tages hörte ein stilles Mädchen diese Geschichte. „Ich will ihm wohl helfen", sagte es „und untergehen." Sie stürzte sich in den See und ging unter. Daraufhin erschien der Junge mit seinem vollen Augenlicht. Er schwamm ans Ufer und ging ins Dorf zurück. Er fragte nach seiner Mutter, die er nicht fand, man erzählte ihm, was passiert war. Als der Junge das hörte, wollte er nicht weiterleben und ertränkte sich in dem See.

Da tauchte ein alter Freund der Mutter auf, der sie und ihren Sohn besuchen wollte. Er hörte im Dorf von der grausamen Geschichte. Er ging zu dem See und verbrachte dort in Trauer seine Tage. Dann fasste er den Entschluss, aus Rache den Vater des Jungen zu töten. So geschah es. Danach ertränkte auch er sich in dem See.

Die Dorfbewohner hatten nun genug von der grausamen Geschichte. Sie legten den See trocken und begruben die Leichen. Es vergingen viele Zeiten, da wuchsen an der Stelle mehrere Büsche. Zur Blütezeit zeigten sich daran große, weiße Blütenkelche. Die Bienen flogen hinein und holten sich den Blütenstaub. Die Kinder, die gerne in der Nähe der Büsche spielten, hörten gern das Summen der Bienen. Doch nachdem die Zeit der Bienen vorbei war und sie nicht mehr kamen, hörte das Summen nicht auf. Es war ein menschliches Summen, das an ihr Ohr drang. Sie liefen fort und erzählten es ihren Eltern. Sie kamen gelaufen, hörten das menschliche Summen und berieten. Sie gingen wieder fort und kamen mit

Schaufeln zurück. Sie huben vorsichtig die Büsche aus und gruben tiefer. Sie stießen auf Menschen. Heraus kamen der Junge, die Mutter, das Mädchen und der alte Freund der Mutter. Sie feierten ein großes Fest, aber vorher pflanzten sie die Büsche wieder ein. Der Vater wurde an anderer Stelle wieder lebendig, aber man nahm ihm das Augenlicht fort und versteckte es. So waren die Menschen.

Der schwarze Vogel

Das Mädchen kam zur Mutter. „Warum hat uns Vater verlassen?" fragte es. Die Mutter empörte sich, dass das Mädchen nach dem Vater fragte. „Was interessiert dich das?!", antwortete sie, „Das ist ganz allein meine Sache, kümmere dich um deinen Kram!" Ein anderes Mal fragte das Mädchen wieder und die Mutter antwortete ungehalten, dass es nicht nach dem Vater fragen solle, sie sei schließlich da, und wenn das Mädchen etwas wolle, solle es zu ihr kommen, sie sei für alles zuständig. Ein drittes Mal sagte das Mädchen, es möchte fortgehen wie seine Brüder, die Welt erkunden. Da wurde die Mutter böse und verlangte, dass es nicht mehr vor das Haus trat. Es könne sich sehnen so viel es wolle, es bliebe eingesperrt bei ihr, denn sie wolle ihre Tage nicht alleine verbringen.

„Das verstehe ich wohl", nahm die Tochter eines Tages das Gespräch wieder auf, „doch wenn ich ginge, könnte ich zurückkehren." „Papperlapapp.", herrschte die Mutter die Tochter an und schloss wieder die Tür.

Da begann das Mädchen zu weinen. Es weinte so sehr, dass es nicht hörte wie ein Vogel mit seinem Schnabel an sein Fenster klopfte. Der Vogel kehrte aber regelmäßig wieder und als das Mädchen im Sommer sein Fenster geöffnet hatte, flog er in sein Zimmer. „Was soll ich mit dir schwarzem Gesellen?" sagte das Mädchen traurig daher. „Gerne würde ich mit dir reisen, die Welt von ganz oben sehen, mich auf einen Baum setzen und flöten, aber mir sind ja keine Flügel gewachsen. Flieg nur wieder hinaus!"

Der Vogel blieb aber nun lange bei dem Mädchen, bis es ihm seine ganze Geschichte erzählt hatte. Das dauerte mehrere Tage, denn das Mädchen wurde immer wieder vom Weinen ergriffen.

In all diesen Tagen der Trauer aber, waren dem Mädchen schwarze Flügel gewachsen, ohne dass es dies bemerkt hätte.

Doch eines Tages, als es die Arme seitlich hob, aus unbewusstem Grund, waren sie Schwingen geworden und trugen es hinaus. Es machte schon auf dem nächsten Baum Rast, um sich von der Verunsicherung der Verwandlung zu erholen. Da sah es auch den schwarzen Gesellen, der sich neben ihm niederließ. Gut, dass ich nicht alleine bin, dachte das Mädchen, aber die Vogelsprache beherrsche ich dennoch nicht. Zwar kann er mich verstehen, aber ich ihn nicht. Vielleicht wächst mir die Vogelsprache noch wie mir die Flügel wuchsen.

Es flog nun hierhin und dorthin und sah die Welt von oben. Der schwarze Geselle zeigte ihr, wie sie als Vogel leben konnte, doch die Verständigung in der Vogelsprache blieb aus. Das verwandelte Mädchen hatte nur seine Menschensprache zur Verfügung.

Eines Tages hörte ein Spaziergänger wie es in einem Baum in menschlicher Sprache redete. Er konnte aber nur einen Vogel entdecken und sagte zu sich: „Ei, das ist ja seltsam!" Er rief den Vogel umgehend an: „He Vogel, komm doch einmal zu mir geflogen!" Als sich der Vogel auf einen Ast in seiner Nähe nieder gelassen hatte, fragte er ihn, wieso er die Menschensprache spreche? Da erzählte ihm das Mädchen seine Geschichte und sagte ihm auch, wie sehr es sich wieder nach Menschen sehne und dass es

gerne selbst wieder ein Menschenkind werden wollte.
„So komm doch mit mir!", forderte der Mann den Vogel auf, „In dem großen Garten hättest du deine Freiheit als Vogel und könntest trotzdem mit mir sprechen, natürlich auch mit allen anderen, die dort arbeiten." Das Mädchen nahm den Vorschlag an, es begleitete ihn, und als sie ankamen, flog es in den Garten.
Nun arbeiteten seine drei Brüder in den Werkstätten des Anwesens. Als sie in ihrer Mittagspause unter dem Baume zu sitzen kamen, hörten sie plötzlich in dem Baume reden. Sie sahen hinauf, aber erblickten nur einen Vogel. Sie mochten sich also getäuscht haben. Doch der Vogel begann von neuem: „Liebe Brüder, ich erkenne euch, ich bin eure Schwester..." Die Brüder bestätigten sich untereinander, dass sie wirklich den Vogel sprechen hörten. Daraufhin riefen sie ihn zu sich. Nun erzählte ihnen die Schwester alles, was sich zugetragen hatte. „Ja ja!", war da die Antwort des einen, „Es gibt wohl diesen schwarzen Gesellen, der träumt davon, dich ganz gefangen zu nehmen, doch gibt es ein Hindernis, das er noch nicht beiseiteschaffen konnte, weshalb es das Werkzeug der Erlösung für dich sein könnte." „Wovon sprichst du?!", riefen zwei der Brüder und die Schwester gleichzeitig aus. Der Bruder lachte, weil seine Mitgeschwister es so eilig hatten zu erfahren, was er meinte. "Ich spreche von der Menschensprache!", sagte er, „die hast du, mein Schwesterlein, noch nicht verloren.
Die Schwester begriff, was der Bruder ihr mittteilen wollte. Jeden Tag tat sie ihr Sehnen kund. Als genug Zeit vergangen war, spürte sie, wie ihr die Federn abfielen und sie ihre menschliche Gestalt zurückgewann. Die Brüder staunten über ihre schöne

Schwester und jener Spaziergänger lachte. Sie fand sogar eine Arbeit in den Werkstätten und wurde ihres Lebens froh.

Der dunkle und der helle Vogel

Die Angst war so stark, dass das junge Mädchen die Gardinen zuzog. Dabei fiel ihr Blick auf die sonnenbeschienene Wiese, die sich vor dem Haus ausdehnte. Inmitten dem feuchten, saftigen Grün prangte das Weiß der vielen, kleinen Margeriten, die dem jungen Mädchen ein Lächeln entlockten, weil sie so kokett ihr Weißröckchen entfaltet hatten. Früher, dachte sie, haben Kinder die Wiesenblumen gepflückt und Haarkränze daraus geflochten. Manche banden nur die weißen Margeriten zusammen und andere die gelben Butterblumen. Bei diesen Gedanken an Kindertagen schloss sich der dunkle und dicke Vorhang.
Das junge Mädchen schleppte sich zum Bett. Die Angst hatte ihr einen Mantel schwer wie Blei um die Schultern gelegt. Die Angst saß im Magen wie eine Panzerfaust und ihre Füße gingen schwer, als lägen sie in Ketten und schleppten schwere Eisenkugeln. Sie wollte nichts mehr sehen und schloss die Augen, um die Dunkelheit um sie herum noch dunkler zu machen.
Sie schlief mit schweren Gedanken ein. Da träumte ihr von einem schwarzen Vogel mit einer harten, scharfkantigen Nase, der sie vorwurfsvoll bis tief in ihr Inneres beäugte und von ihr etwas zu seiner Zufriedenheit erwartete. „Du bist ja überhaupt nichts wert!" sagte sein spöttischer und verächtlicher Blick, der so eindringlich war, dass sie sich tatsächlich

wertlos fühlte. In ihrer Angst überlegte sie sogar, sich das Leben zu nehmen.

Am Morgen, als sie aufwachte, dachte sie an die Wiese und dass sie sich dorthin wünschte. Sie verscheuchte die Nacht geräuschvoll. Sie fühlte sich etwas besser und zog alles aus bis auf ihr weißes Nachthemd. Sie betrachtete es, dabei fiel ihr auf einmal der Traum ein, der schwarze Vogel und ein dumpfer Schmerz legte sich auf ihre Brust.

Sie erhob sich von der Bettkante und zog die Gardinen zurück. Sie sah die Wiese, die wieder von der Sonne beschienen wurde. Sie grüßte die Margeriten durch die getrübte Fensterscheibe. „Wie soll ich dahin kommen?!", fragte sie sich, ihr schien der Weg so weit und immer weiter sich zu entfernen, der Platz mit den Margeriten entschwand. Die Sonne hat sie aufgefressen, dachte sie unwillkürlich oder der dunkle Vogel. Sie fror und rieb sich ihre nackten Arme.

Sie zog sich warm an, obwohl die Sonne schien, denn die Kälte, so hatte sie es erfahren, stach durch die Sonne hindurch zu, wie Nadelstiche traf sie die Haut, jedes Mal fühlte sie sich urplötzlich davon getroffen und schrie kurz auf. Ein Schauer von Schweiß rann über ihr Gesicht und auch in ihrem Rücken perlte es kalt und nass.

Sie stand fertig da, mit Schal und Mütze und Handschuhen. Sie fürchtete in diesem Augenblick eher die Verbrennung als das Erfrieren, denn sie glaubte, dass die silberne Klinke glühte und war froh, die Handschuhe übergezogen zu haben. Sie schloss alles gut ab, so, als wenn sie eine längere Reise vor sich hätte.

Der See fiel ihr ein, ja der See, wenn sie den See erreichen könnte! Sie stapfte nach draußen.

Dummerweise hatte sie Stiefel angezogen. Sie merkte bald, dass ihr heute die Sonne nicht weh tat und nahm die Mütze ab, den Schal, zog die Handschuhe aus und sogar die Socken. Das wird niemand wegnehmen, dachte sie und legte die Sachen auf die Erde, wenn ich zurückkehre, nehme ich sie wieder mit. Als sie noch ein Stück weitergegangen war, sagte sie erfreut: „Es ist doch zu schön! Hier will ich mich eine Weile ins Gras legen". Sie zog ihren Mantel aus, legte sich aber nicht darauf, denn sie wollte ganz nah an der Erde sein, sie mit ihrem Körper fühlen. Alsbald schlummerte sie in einen Schlaf hinüber. Wieder träumte sie von dem dunklen, staubigen Vogel. Diesmal flog er in der Luft, sie sah wie ihm die dunklen Federn abfielen und darunter ein weißes Federkleid hervorkam. „Wie schön!", dachte sie. Ihr fiel auf, dass sie selbst ein weißes Kleid trug. Dann kam der Vogel zu ihr hinuntergeflogen und ließ sich auf dem Zeigefinger ihrer rechten Hand nieder. Es war ihr, als wenn sie Freunde wären.
Vom Schlaf erwacht, nahm sie ihren Weg wieder auf. Ganz in der Ferne sah sie das Meer. Es blinzelte ihr voll Freude entgegen. Ob sie es bis dahin schaffen würde? Den Mantel hatte sie liegengelassen, den würde sie auf ihrem Rückweg auflesen. Während sie so dahinging, hörte sie über sich die Krähen mit ihrem rauen Gesang, einem starken Gekrächzt ähnlich. Ihr kam jener Mann ins Gedächtnis, dessen Lieblingstiere Krähen waren, weil er diese hinterlistig und betrügerisch fand, daran hatte er seinen Spaß, er sah in ihrem Verhalten eine Intelligenz, die er bewunderte. Plötzlich waren die Krähen verschwunden. Dann lag der See, den sie manchmal als Meer bezeichnete, vor ihr. Ein Strand säumte das Ufer und ballspielende Kinder und Erwachsene gingen ihrer Lust nach. Sie

betrat den Strand jedoch nicht, sondern setzte sich unter einen Schatten spendenden Baum am Rande des Sandstrandes. Jäh traf sie ein Ball. Sie zuckte zusammen. „Das tut mir leid!", sagte im selben Moment ein junger Mann, der herbeigesprungen war. „Hast du dir weh getan?", fragte er. Sie schüttelte den Kopf. Dann fragte er noch, ob sie mitspielen wolle, sie schüttelte wieder den Kopf, da ging er zu seinen Mitspielern zurück. Seine Blicke aber wanderten während des Ballspiels immer mal wieder zu dem Mädchen hinüber. Als der Ball noch einmal in ihre Richtung rollte, rief er: "Willst du wirklich nicht mitspielen?" Sie schüttelte verneinend den Kopf. „Na, dann vielleicht Morgen!!" lachte er und lief zurück.
Am meisten interessierten das Mädchen die Menschen, die ins Wasser gingen und sich dort vergnügten. Vielleicht komme ich morgen tatsächlich wieder, dachte sie und wage mich ins Wasser. Als sie genug von ihrem beschaulichen Abenteuer am See hatte, wanderte sie zurück.
In der Nacht träumte sie wieder von dem schmutzigen, aufgedunsenen Vogel, der sich in sich zurückgezogen hatte wie eine Ente, die ihren Kopf zum Schlaf ganz in ihr Federkleid steckte. Wenigstens schläft er, murmelte sie im Traum und hatte selbst auch einen ruhigen Schlaf.
Am nächsten Morgen dachte sie gleich an das Meer, das in der Sonne so schön blinzelte. Dabei war es ja gar kein Meer, sondern ein See. Sie sprang auf und suchte einen Badeanzug, tief unten im Schrank fand sie ihn, alt, aber noch heil und er passte noch.
Diesmal ruhte sie unterwegs nicht aus, sondern ging geradewegs zum Ziel. Sie setzte sich in den Halbschatten am Rande des Strandes nicht unweit des Baumes unter dem sie gestern gesessen hatte. Sie

erkannte auch die Ball spielenden jungen Leute wieder, das freute sie. Der Ball traf sie heute nicht, aber der junge Mann kam trotzdem einmal zu ihr gelaufen, er fragte sie wieder, ob sie mitspielen wolle. Doch sie schüttelte verlegen den Kopf. „Kannst du nicht sprechen?!", fragte er. Sie antwortete nicht, sondern senkte nur ihren Blick. Sie mochte nicht sprechen, sie hatte so lange nicht gesprochen. Sie hatte wohl auch Angst, denn die Sprache war etwas Spontanes, so hatte sie manchmal Dinge gesagt, über die sie selbst erstaunte und die ihr nachher manchmal unangenehm waren. Dennoch sehnte sie sich nach den Zeiten zurück, in denen sie in ihrer Naivität gesprochen hatte. Der junge Mann, der ihre Verlegenheit bemerkte, sagte:" Schön, dass du überhaupt wiedergekommen bist!", dann kehrte er zu den anderen zurück. Es traf sich aber, dass diese in ihrem Spiel eine Pause einlegten, als das Mädchen gerade beschlossen hatte, im Meer zu baden. Es blinzelte immer noch so verlockend, obwohl es doch nur ein See war. Kaum hatte der junge Mann bemerkt, dass sie zum Wasser ging, gesellte er sich zu ihr und sagte: „Das Wasser ist warm heute, ich war schon drinnen". „Das ist gut!", antwortete sie, und er freute sich, dass sie gesprochen hatte. Aha, sie kann also sprechen, dachte er, dann warf er sich lachend in die Wellen. Bei ihr ging das nicht so schnell. Schritt für Schritt ließ sie das kühle Wasser an ihren Knien höher steigen bis sie es schließlich auch geschafft hatte und untertauchte. Als sie wieder auftauchte, schüttelte sie sich und sah, dass die anderen Spieler auch ins Wasser gekommen waren, diesmal mit einem leichten Wasserball. Sie stießen den Ball einfach in ihre Richtung und warteten darauf, dass sie ihn zurückwarf. So kam es, dass sie zur Mitspielerin wurde.

Später, dem Wasser entstiegen, trocknete sie sich in der Sonne und wärmte sich auf ihrem Handtuch, das sie aus dem Halbschatten in die Sonne zog. Das war herrlich,! dachte sie, als sie ausgestreckt auf ihrem Handtuch lag. Sie schloss die Augen und ließ es sich wohl ergehen. Auf einmal kitzelte es an ihrem Fuß. Ohne die Augen zu öffnen, scheuchte sie die Fliege fort, aber diese war hartnäckig und kehrte immer wieder zu ihrem Opfer zurück bis es die Augen öffnete und sah, dass es der junge Mann war, der mit ihr diesen Scherz getrieben hatte. Sie bäumte sich gerade auf und wollte schimpfen: „Du blöde Fliege!", da ließ sie sich kurz auflachend zurückfallen. „Du bekommst einen Sonnenbrand!", sagte freundlich der junge Mann, der so viele Sommersprossen im Gesicht hatte, dass es unmöglich war, diese zu zählen, was ihr spontan in den Sinn gekommen war. „Das ist wohl wahr!", entgegnete sie und legte sich ein Tuch um die Schultern. Da wurde der junge Mann von seinen Leuten gerufen, sie wollten ihr Ballspiel wieder aufnehmen. Auf seine neuerliche Frage, ob sie nicht doch mitspielen wolle, antwortete sie, nein, sie wolle wirklich nicht. Ob er sie denn am Abend nach Hause bringen dürfe, fragte er mutig weiter. Daraufhin sagte sie nichts, sondern senkte ihren Kopf und blieb stumm. Als er sich entfernt hatte und bei seiner Gruppe war, schaute sie wieder auf, dann sah sie ihnen beim Spiel zu. Hin und wieder fing sie seinen Blick auf. Als sie die Zeit für gekommen hielt, packte sie ihre Sachen zu einem Bündel zusammen und verließ ihren Platz. Der junge Mann, der sie immer aus einem Augenwinkel beobachtet hatte, machte sich auch auf und verfolgte sie aus einiger Entfernung. Sie drehte sich manchmal um und sah, dass er ihr nachging, da sie aber nicht stehen blieb und auf ihn wartete, verringerte er den Abstand nicht.

Bevor sie ins Haus eintrat, sah sie sich noch einmal nach ihm um, dann schloss sie die Tür hinter sich. Als sie die Vorhänge zuzog, sah sie, dass sich der junge Mann in einiger Entfernung zum Haus niedergelassen hatte. In ihre Dunkelheit verbannt seufzte sie. Da war sie wieder: Die Angst! Und hob mit eiserner Faust eine tiefe Grube in ihrem Magen aus, in die sie befürchtete, hinabgestürzt zu werden. Da war auch der dicke, unansehnliche Vogel, von dem sie geträumt hatte, er saß in der Ecke der Fensterbank und beäugte sie herausfordernd.

Es vergingen wohl einige Stunden, der junge Mann war immer noch auf seinem Platz, da hörte er plötzlich Schreie, die aus dem Haus drangen. „Das ist ihre Stimme!" sagte er laut in Aufruhr und erhob sich eilends. So schnell er konnte lief er zu dem Fenster und stieß es auf. Da wurde er brutal zurückgeschlagen. Er glaubte, dass es ein großer Mann gewesen sei, unter dessen offener, schwarzer Anzugjacke ein weißes Hemd leuchtete. Das Fenster wurde wieder zugezogen und bald darauf hörte der junge Mann, der sich auf dem Erdboden krümmte, wieder Schreie. Er sammelte seine ganze Kraft zusammen, erhob sich und stieß abermals das Fenster auf. Niemand schlug ihn zurück, ungehindert stieg er in das zu ebener Erde gelegene Zimmer ein. Das junge Mädchen lag im Bett, es hatte geblutet und weinte, die Augen hielt es geschlossen. Auf seine Fragen bekam der junge Mann keine Antwort. Da entdeckte er in einer Ecke auf dem Fenstersims hockend, den plustigen, staubigen, stumpfschwarzen Vogel, der ihn keck und provozierend, ja geradezu unverschämt ansah, als sei er von allergeringstem Wert. Seine Intuition sagte ihm, dass er diesen grässlichen Vogel töten müsse. Er trat an ihn heran, aber der Vogel, der dort in seinem dicken Federkleid saß, rührte sich nicht. Da packte der junge Mann ihn blitzschnell und tötete ihn. In diesem Moment entstieg dem toten Körper eine weiße Taube, die durch das offene Fenster davonflog. Der junge Mann hörte ein Aufatmen im Raum, er drehte sich um und blickte zu dem jungen Mädchen, das seine Augenlider aufschlug und ihn anlächelte. Obwohl nur mit einem weißen Nachthemd bekleidet, stand es von ihrem Bett auf und ging auf ihn zu. Gerne gab sie sich in seine ausgebreiteten Arme und beide schauten hinaus auf die vom Mondlicht erhellte Wiese, wo sich inmitten der weißen Margeriten die weiße Taube niedergelassen hatte. Als wenn sie sich beobachtet fühlte, sah die Taube in ihre Richtung, und als wenn sie sie erkannte, kam sie geflogen und setzte sich auf den ausgestreckten Zeigefinger der jungen Frau. Von nun an waren die beiden unzertrennlich.

Die Löwen

Es war einmal eine Frau, die in einem engen Käfig gefangen war. Da nützte es gar nichts, dass die Stäbe, die dicht an dicht steckten, aus purem Gold waren. Es war kein Wunder, dass die Frau Angst hatte, denn vor dem Käfig tobten rundherum die wilden Löwen. Sie sprangen unentwegt an dem schönen Käfig hoch, in dem die Frau zusammengekauert hockte. Die Frau litt viel, denn die beutehungrigen Löwen zerrten ihre Tatzen durch die schmalen Ritzen und verletzten die Frau, da der Käfig wenig größeren Umfang besaß als sie selbst.
In ihrem Unglück hatte sie doch eines Tages einen Lichtblick. Sie überlegte, wie sie die Löwen beruhigen könnte und kam auf die Idee, ihre Stimme zu nutzen.
In der Tat ließen die Aggressionen ein wenig nach. Also hörten sie ihr zu. Sie dachte, dass sie vielleicht eine Geschichte erfinden könnte, der die Löwen ihre ganze Aufmerksamkeit schenkten und die bewirkte, dass sie ihre Attacken einstellten. Am besten wäre es, dachte sie, sie könnte sie in Trance versetzen oder sie wenigstens dazu bringen, dass sie müde und schläfrig werden.
Aber welche aufregende und zugleich beruhigende Geschichte könnte das sein?
„Vielleicht wäre ein Märchen geeignet", sagte sie und schon das Wort „Märchen" schien wie ein Zauberwort zu wirken. Denn plötzlich nahmen die Löwen ihre Tatzen aus dem Käfig und setzten sich erwartungsvoll

im Halbkreis um sie herum, ganz so wie kleine Kinder, die gespannt auf die Erzählung eines Märchens warten.

„Es waren einmal sechs kleine Löwen", begann die Frau ihre Geschichte, „die hatten ihre Eltern verloren. Sie machten sich auf die Suche nach ihnen und verirrten sich dabei in der Stadt.

Natürlich wollte man sie einfangen, doch das war nicht so einfach, denn die Städter fürchteten sich vor den Löwen, die laut brüllten und fauchten".

Die Erzählerin hörte jetzt eine Art Murren unter den Löwen, die zuvor still dagesessen hatten. Da wusste die Frau, dass sie der Geschichte folgten und fuhr fort.

„Die Leute in der Stadt hatten Angst, weil die Löwen sich ungebunden herumtrieben, deshalb ließen sie die Kinder nicht mehr allein auf die Straße. Aber gerade die Kinder hatten Mitleid mit den Löwen, die ihre Eltern und ihre Heimat verloren hatten. Sie winkten ihnen aus den Fenstern lächelnd zu und riefen ihnen freundliche Sätze zu".

Die Erzählerin, die mit geschlossenen Augen erzählte, öffnete die Augen für einen Moment und sah - es war wieder still geworden - dass die Löwen sie anlächelten, als dächten sie an die freundlichen Kinder.

Die Frau freute sich, dass die Löwen sie sanftmütig anlächelten und erzählte weiter.

„Die Leute der Stadt beschlossen, die Löwen aus der Entfernung zu erschießen. Alles Bitten und Betteln der Kinder half nichts. Der Entschluss der Eltern stand fest, denn sie wollten sich wieder sorglos bewegen können.

Da beratschlagten die Kinder in den Schulpausen, wie sie den Löwen helfen könnten. Sie kamen auf die Idee, sich selbst in Löwen zu verkleiden, denn sie hatten von ihrer letzten Faschingsfete noch viele Löwenkostüme. Sie verstanden sich so gut mit den Löwen, dass sie keine Angst vor ihnen hatten. Sie würden alles mit ihnen bereden. Und so machten sie es.

Dann kam der Abend, an dem die letzte Stunde der Löwen herannahte. Die Kinder schlichen sich heimlich in ihren Kostümen fort und hatten sich vor die Löwen postiert, aber ihre Köpfe ließen sie frei, damit ihre Eltern sie auch erkannten.

Als die Kinder die zu Tode erschrockenen und überraschten Gesichter ihrer Eltern sahen, konnten sie sich das Lachen kaum verkneifen. Ein Kind trat hervor und brachte in ernstem Ton das Ergebnis ihrer Beratschlagung hervor.

„So, so", antworteten die Eltern, „da müssen wir uns auch erst beratschlagen!"

Die Kinder hatten nämlich gefordert, dass sie die Löwen in ihre Heimat zurückbringen dürften. Es würde ein langer Weg werden, und sie müssten Proviant mitnehmen. Die Eltern sollten ihnen auf Abstand folgen".

Die Erzählerin vernahm ein freudiges Rumoren unter den Löwen, als sie von ihrem Glück hörten. Sie schmunzelte und setzte ihre Geschichte fort.

„Die Eltern der Kinder erklärten sich einverstanden, vor allem auch, weil sie mitkommen durften. Auch wenn sie immer auf Abstand bleiben mussten, so konnten sie doch ihre Kinder gegebenenfalls beschützen, meinten sie.

Nachdem alle Vorkehrungen getroffen waren, die zwei Tage gedauert hatten, setzte sich der Zug in Bewegung. Es war eine abenteuerliche Reise, die auch den Eltern ein sagenhaftes Erlebnis blieb.

Da sie sahen wie gut sich ihre Kinder mit den Löwen vertraut gemacht hatten, verloren sie einen großen Teil ihrer Angst. Jetzt kamen sie sich sogar schäbig vor, dass sie ein tödliches Ansinnen gehabt hatten. Sie beschlossen, sich bei den Löwen zu entschuldigen. Aber wie konnten sie sich bei ihnen verständlich machen? Da dachten sie an die Kinder, die den Löwen ihre Entschuldigung ausrichten sollten. Das Mittelskind, das jeden Tag ein anderes war, nahm ihren Wunsch entgegen, natürlich erfüllten die Kinder gerne den Auftrag und versöhnten sich selbst auf diese Weise mit ihren Eltern. Die Löwen nahmen die Entschuldigung an und antworteten mit einem einstimmigen lauten Akkordgebrüll. Das klang so faszinierend, dass alle Kinder und Erwachsenen spontan Beifall klatschen".

Die Erzählerin schreckte auf und öffnete die Augen, denn plötzlich war sie inmitten eines kurzen Löwenkonzerts. Sie lachte und klatschte ganz so wie es in dem Märchen vorkam, das sie nun weiter erzählte.

„Alle waren der Heimat der Löwen nun recht nahe. Es rückte die letzte Nacht heran. Als die Kinder und die Eltern schon eingeschlafen waren, lagen die Löwen immer noch wach, denn sie waren ganz und gar aufgeregt, weil sie ihrem zu Hause so nahe waren. Das spürten und rochen sie. Da nahmen sie insgeheim Abschied von den Kindern und ihren Eltern und schlichen auf leisen Sohlen davon. Sobald sie keine Gefahr mehr liefen, die Schlafenden zu wecken, wurde aus ihrem Schleichen ein schnelles und immer schnelleres Löwenlaufen.

Als die Kinder aufwachten und sahen, dass die Löwen nicht mehr da waren, wurden sie zunächst traurig und besorgt. Aber plötzlich hörten alle - und davon

wachten nun auch die Eltern auf - einen schönen, lauten, einstimmigen Löwenakkord wie sie ihn schon einmal gehört hatten. Da wussten sie, dass die Löwen wohlbehalten und glücklich in ihrer Heimat angekommen waren. Aus Freude tanzten die Kinder ausgelassen und sangen."
Auch die Erzählerin hörte aus der Ferne die Löwenmusik und öffnete die Augen. Da sah sie, dass die Löwen verschwunden waren und die Käfigtür weit auf stand. Sie lächelte und sagte: " Sogar das haben sie nicht vergessen!", erhob sich und ging aus dem Käfig hinaus.

Die Seerose

Sie steht plötzlich einfach so da mit einer Seerose in der Hand, diese hat viele weiß-lila-rosa, spitz zulaufende Blütenblätter. Sie wirkt unschlüssig, etwas scheint zu fehlen. Aus der Seerose entstehen weiße Zähne, dann zeigt sich das Tier, dem diese Zähne, die es fletscht, gehören, aber es ist kein Tier bei genauerem Hinsehen, sondern ein Mensch in Angst und Panik, der sich wie ein bedrohtes Tier gebärdet. Er läuft vor seiner Höhle hin und her, um sie zu schützen. Hinein kann er nicht gehen und leben, denn es könnte jemand kommen und eindringen und drinnen könnte er sich schlechter verteidigen oder fliehen, denn er würde drinnen ja überrumpelt werden und Fliehen wäre nicht möglich, weil der Eindringling den Eingang bzw. Ausgang versperren würde
Er sagt, er laufe also vor dem Eingang hin und her, was ihn verrückt mache, aber nur so sei er gewappnet und könnte jemanden mit seinen fletschenden Zähnen Angst machen und vertreiben, je wilder er sich gebärde, desto gefährlicher würde er eingeschätzt und das schütze ihn.
„Uff!", entfährt es ihr und sie fragt: „Kann dich denn niemand erlösen?!"
Er entgegnet: „Das könnte nur die Prinzessin selbst!"
„Erzähl!", ruft sie. Er vertraut ihr an, dass man ihn verzaubert hat. „In Wahrheit bin ich ein Prinz, sagt er, „der die Prinzessin heiraten wollte und sie wollte es auch. Das aber passte einem anderen nicht, der die Prinzessin besitzen wollte, um dadurch sein Reich zu vergrößern. Er hatte sich mit dunklen Mächten

eingelassen, die mich nach seinem Willen verzauberten. Erlöst kann ich nur werden, wenn die Prinzessin mich findet und drei Jahre mit mir, dem Wilden, hier zusammenlebt."

„So habe ich dich endlich gefunden!", ruft sie, die nur ein schlichtes Kleid trägt, eine Seerose zwischen den Fingern dreht und ihn anlächelt.

Der Wilde bleibt für einen Moment stehen, schaut sie verblüfft an und sagt: „Du bist die Prinzessin?! Ich erkenne dich nicht wieder! Du bist ja ganz abgemagert und dein schönes Haar hat graue Strähnen!"

„Ja", erwidert sie, „ich bin ja auch schon lange unterwegs, um dich zu suchen!"

Er: „Willst du denn wirklich in dieser Einöde und Wildnis mit mir leben?"

„Natürlich!", antwortete sie.

So kam es, dass, als die drei Jahre vorüber waren, der Zauber gebrochen war und Prinz und Prinzessin legal leben konnten, nachdem sie mit allen, die sich über ihre Wiederkehr freuten, Hochzeit feierten.

Die sieben goldenen Kugeln

Als die Prinzessin in dem langen, pastellfarbenem Kleid, das wie ein Schleier in blassen Regenbogenfarben an ihr herab fiel, eine lichtvolle Seerose zwischen ihren Fingern drehte, kullerten aus ihrer verschwommenen Mitte kleine, kirschgroße, goldene Kugeln hervor, sieben an der Zahl. Die Prinzessin beugte sich über die goldenen Kugeln in ihrer Hand und fragte sich, was sie damit wohl anzufangen hätte. Da blieb plötzlich jemand vor ihr stehen und fragte, ob sie nicht eine ihrer schönen Kugeln gegen seinen Hahn mit rotem Kamm tauschen möchte? Die Prinzessin schüttelte kurz entschlossen den Kopf, und der Mann zog weiter. Bald schon blieb ein anderer stehen und bot ihr eine teure Fibel mit schönen Illustrationen an. Das war verführerisch, dennoch wollte sie das, was ihr zugefallen war, nicht fort geben. Der dritte bot ihr einen schwarzen Zylinderhut an, der ein schwarzer Zauberhut war. Aber die Prinzessin schüttelte verneinend den Kopf. Der vierte dachte nun, sein Glück zu machen, indem er ihr einen neuen, rot glänzenden, langen Rock anbot. Die Prinzessin befühlte zwar den wunderbaren Stoff, doch wusste sie schon im Voraus, dass sie der Verführung stand halten würde. Der fünfte dachte, er finge es besonders schlau an, wenn er der Prinzessin mit den goldenen Kugeln erst einmal etwas vorsänge. Doch das Zwitschern der Vögel übertönte seinen Gesang, er kam aus dem Konzept und war verwirrt. Er ärgerte sich und ging von dannen noch bevor er in den Tauschhandel eingetreten war. Der sechste dachte sich, wie dumm von ihm und holte seine Flöte hervor. Doch auch ihm flöteten die Vögel dazwischen, als er der Prinzessin vorspielte. Beleidigt zog er von dannen und der siebte und allerletzte stellte sich sogleich vor die Prinzessin, denn er hatte schon gewartet und war sich sicher, dass nun alles gut würde und er die Prinzessin für seine Gabe einnehmen könnte. Aber was bot er ihr?: Einen Reisigbesen, mit dem sie die Küche auskehren konnte! Er hatte wohl gedacht, einer Prinzessin gefalle das. Da musste sie hell auflachen. Sie schüttelte sich vor Lachen und er lief weg, so schnell er nur konnte, um ihr Lachen nicht mehr zu hören.

Die Prinzessin war aber traurig geworden. Ihre Kugeln waren begehrenswert und doch zu nichts nütze. Während sie nachdenklich auf die Kugeln in ihrer Hand schaute, hörte sie plötzlich ein Räuspern und als sie aufblickte, stand dort ein schmucker, stolzer Prinz, der vor ihr sein Schwert aus der Scheide zog, um ihr zu bedeuten, dass er sie beide schützen und verteidigen konnte. Er hatte keine Angst davor, für sie und sich selbst sein Leben zu riskieren und sei es, er müsste dazu sein Schwert einsetzen.

Er bat die Prinzessin um ihre Hand und als sie wissen wollte, warum er gerade sie erwählt hätte, sagte er, weil sie sich nicht dazu habe hinreißen lassen, die ihr zugeteilten, goldenen Kugeln einzutauschen. Da wusste die Prinzessin, dass er ihren Wert erkannte und reichte ihm ihre Hand.

Das eingemauerte Mädchen

Es war einmal ein Mädchen, das war in eine tiefe Traurigkeit gefallen, deshalb vermochte es nicht zu sprechen. Es saß nur immerzu stumm da. Tage vergingen, Wochen, Monate und Jahre. Es magerte ab. Die Freudlosigkeit wich nicht von ihm.
Plötzlich flog durch einen Windstoß das Fenster auf, und mit dem Wind kam ein schwarzer Vogel herein. Er ließ sich ihm gegenüber nieder und sah es mitleidig und zugleich anklagend an, als sehne er sich in eine freundlichere Lage. Er kam nun alle Tage wieder und setzte sich ihm gegenüber. Sie sahen sich stumm an. Wie zwei Feinde, die sich einander die Schuld für ihr Unglück zuschoben und gleichzeitig aus einer Ohnmacht heraus gegenüber ihrer unglücklichen Lage, blieben sie stumm. Wie zwei auch, die sich nichts zu sagen hatten. Wie zwei, die sich nicht mochten. Zwei, die sich in dem anderen nicht wiedererkennen konnten. Es dachte wohl: „Flieg fort!". „Flieg fort zu deinesgleichen!" Als hätte der Vogel sie verstanden, blieb er von selbst weg und das Mädchen wunderte sich nicht einmal darüber.
Es kamen nach einer Zeit andere Vögel hereingeflogen, an dem einen Tag ein roter, an dem anderen ein blauer, an dem einen Tag ein gelber, an dem anderen ein grüner. Als wollten sie das Mädchen verzücken. Doch es reagierte nicht. Es blieb wie versteinert sitzen.

Als der Hochsommer kam, war es dem Mädchen heiß, und es stieg aus dem Fenster hinaus, um sich im Schatten des Baumes ins Gras zu legen.
Als es so da lag, mit dem Gesicht zur Erde, fielen mit einem Mal zahlreiche Äpfel auf seinen Rücken. Es erschrak heftig über die starke Berührung und drehte sich mit einem Schwung um. Erleichtert sah es, dass es nur Äpfel waren. Zum ersten Mal lächelte das Mädchen. Es erhob sich und sammelte sie auf. „Ich müsste Marmelade kochen!", dachte es, Apfelgelee. Es ging um das Haus herum bis es den Eingang gefunden hatte. Durch einen schattigen, länglichen Flur kam es zur Küche, deren Tür weit geöffnet stand.
Es war ihm, als sei es zum ersten Mal hier und als sei das Haus lange nicht bewohnt gewesen. Das Mädchen legte die Äpfel auf den Tisch und holte alles Geschirr herbei, um das Apfelgelee zu kochen. Dann suchte es nach den Zutaten, es dachte mit Schrecken daran, dass es vielleicht ins Dorf müsste, wenn etwas fehlte. Es hatte aber Glück und fand noch alles Nötige.
Als es mit seiner Arbeit fertig war, hatte es wohl Lust und Neugierde, die anderen Türen zu öffnen. Es ging zuallererst zur Haustür und suchte nach einem Schlüsselbund, den fand es seitlich des Türrahmens. Doch stellte es fest, dass die Türen gar nicht verschlossen waren. Ein Wohnzimmer grenzte an der Küche an. Hinter dem Wohnzimmer lag das Schlafzimmer. Das gehörte wohl den Eltern. Zurück im Flur sah es auf der anderen Seite des Flures die beiden Räume der Großmutter.
Das Mädchen fragte sich, wo denn die Tür zu ihrem Zimmer wäre? Da es keine weitere Tür entdecken konnte, ging es hinaus und um das Haus herum. Es stieg wieder durch das geöffnete Fenster in sein Zimmer. Merkwürdig, dachte es und begann jetzt

fieberhaft, die Wände abzusuchen. Als seine Augen nichts Auffälliges sahen, tastete es mit den Händen bis es unter seinen Fingerkuppen Unregelmäßigkeiten spürte. Es riss die Tapete hinunter. Das dauerte eine Weile, denn sie klebte sehr fest. Das Mädchen sah, dass die Größe einer Tür durch Mauersteine ersetzt worden war. „Das ist ja schrecklich!", entfuhr es ihm, „ich war eingemauert!"

Der Schrecken saß so tief, dass es am liebsten die Tapete wieder aufgeklebt hätte, um das Schreckliche nicht wahrhaben zu müssen. Es spürte eine große Wunde und eine große Wut. Das Mädchen wollte schreien, am liebsten so laut und herzzerreißend schreien, dass in diesem Schreien der Schmerz und die Wut, ja es selbst sich auflöste.

Es dachte daran, sich das Leben zu nehmen. Doch dann schob es den Gedanken weg, weil es auch den Hauch seiner neuen Freiheit spürte. Aber dann kroch eine Angst in ihm hoch, darüber, dass jemand so viel Macht besessen hatte, es einzumauern. Von dieser Mächtigkeit fühlte es sich plötzlich bedroht und verfolgt.

Aber war es nicht doch stärker? Es konnte in der Erinnerung einen dunklen Schatten sehen, er hatte Konturen, war eingegrenzt. Ja, es erinnerte sich. Aber er war tot, dieser Mensch, nur der Schatten kehrte in anderen Menschen wieder und stimmte es tieftraurig. Aber es fühlte auch, dass in ihm Kraft aufstieg, dass es stärker war, als der Schatten. Es hatte ihn doch besiegt, und es würde ihn immer wieder besiegen. Es schaute sich im Haus nach Werkzeug um und begann die Mauersteine, die die Tür ausmachten, herauszuhauen. Natürlich dauerte das lange, aber danach war das Mädchen zufrieden.

Der goldene Korb

Es war einmal ein Mädchen, das hatte einen goldenen Korb. Wenn man etwas hineinlegte, wurde es golden. Also kamen die Armen zu Scharen, um etwas in ihren Korb zu legen, damit es pures Gold würde. So geschah es über einen langen Zeitraum. Das Mädchen bekam dafür Geschenke und schöne Kleider. Viele junge Männer hielten um ihre Hand an.
Eines Tages jedoch war der goldene Korb verschwunden, und das Mädchen musste um ihr Leben fürchten, denn die Leute glaubten ihr nicht, dass der Korb plötzlich verschwunden sei. Einige trachteten danach, das Mädchen zu töten und den Korb ausfindig zu machen, den es, so glaubten sie, bestimmt versteckt hielt. So geschah es. Das Mädchen wurde getötet, aber sie fanden den Korb nicht, so viel sie auch suchten. Da wurden die Menschen erneut böse, vor allem die Männer und beschuldigten einander, den goldenen Korb gestohlen zu haben. Sie wurden so zornig aufeinander, dass sie sich gegenseitig umbrachten.
Es floss viel Blut in dem reich gewordenen Dorf, das von nun an immer weniger Einwohner zählte. Männer waren nur noch wenige übriggeblieben. Die Frauen trauerten über die verlorenen Männer und die Kinder um ihre verlorenen Väter. Das Dorf wurde wieder arm.
Die Menschen, die am Leben geblieben waren, überlegten, wie sie überleben könnten. Einige begannen, das Land zu bearbeiten. Sie legten

Gemüsefelder an und hielten sich Tiere. Andere übten ein Handwerk aus. Es ging viel Zeit ins Land, in der auch Zeitungen und Bücher geschrieben, gedruckt und verteilt wurden. Ein reges Leben entstand, in dem jeder seinen „goldenen Korb" gefunden hatte.

Über das getötete Mädchen mit dem goldenen Korb sprach niemand. Erst in der nächsten Generation erzählten die Eltern, die zu jener Zeit Kinder waren, ihren Kindern davon. Sie erzählten es als Märchen und nicht als wahre Begebenheit.

Aber eines Tages wurde der verschwundene goldene Korb von einem armen Mädchen aus dem Dorf gefunden und die Geschichte begann von neuem.

Der Inseljunge

Ein Junge lebte auf einer Insel und hatte Angst von dort wegzugehen, obwohl er sich das wünschte, denn auf der Insel war er sehr allein. Die Insel war aber umgeben vom tosenden Meer. Die hohen, zuweilen stürmischen und dunklen Wellen mit weißlichen Schaumkronen machten ihm Angst, als wollten sie ihn verschlingen. Wie schon so oft schlief er traurig ein. Aber in dieser Nacht hatte er einen besonderen Traum. Darin sah er wie in einem Spiegel, dass das Meer sich beruhigt hatte. Es war vollkommen geglättet. Nicht eine winzige Welle sah er mehr, was schlechterdings nicht möglich sein konnte. Er erhob sich und ging von seinem Schlafplatz, der am Rande des dichten Waldes lag, über den feinen Sandstrand hinunter zum Meer. Da sah er, dass das Meer verschwunden war. Es ward vom Erdboden aufgesogen. Der Junge betrat die noch feuchte Erde und freute sich, denn er konnte die Insel nun verlassen.
Sogleich machte er sich auf den Weg. Vor ihm lag eine weite Ebene. Lange marschierte er. Erschöpft ließ er sich mehrmals zu einem erholsamen Schlaf nieder. Endlich sah er in weiter Ferne einen Waldesrand. Er wünschte sich, dass der Wald nicht so dicht wäre wie auf der Insel und tatsächlich, als er an dem Wald angekommen war, stellte er fest, dass es ein lichter Laubwald war. Das Himmelsblau fand Einlass zwischen den weniger dicht stehenden Bäumen und Blättern, auch gab es immer wieder

Lichtungen, Wiesenstücke mit gelben Butterblumen, weißen Gänseblümchen, blauen Kornblumen und rotem Mohn. Der Junge war es ganz zufrieden. Er ernährte sich von den Waldbeeren und Pilzen, schloss Freundschaft mit Vögeln und Waldtieren.
Bald erfüllte sich seine Hoffnung, und er sah in der Ferne ein Häuschen mit einem erleuchteten Fenster. „Da will ich anklopfen!", sprach er leise zu sich. Als er die lange Strecke zurückgelegt hatte und sich dem Häuschen näherte, ging er statt zur Tür zuerst zu dem erleuchteten Fenster. Vorsichtig schaute er ins Zimmer. Wie klopfte da sein Herz, als er dort ein Mädchen sitzen sah. Es war über ein Buch gebeugt. Es mochte wohl so alt sein wie er selbst. Nun ging er zur Tür und klopfte zaghaft, dann lauter. Schließlich hörte er schlurfende Schritte. Im Türrahmen der geöffneten Tür stand eine dicke Frau, der vor Staunen der Mund offen blieb. Aber dann fand sie doch ihre Sprache wieder und überschüttete ihn mit Fragen, die er gar nicht alle auf einmal beantworten konnte. Er freute sich, dass sie ihn hineinbat und in die Küche führte. Dort fand er noch den Abendbrottisch gedeckt, und sie hieß ihn essen. Das ließ er sich nicht zweimal sagen, denn er hatte einen großen Hunger mitgebracht. Plötzlich ging die Küchentür auf und das Mädchen kam herein. Es war ebenso erstaunt wie seine Mutter, die inzwischen hinausgegangen war, um die Tiere zu versorgen. Es setzte sich ihm gegenüber und starrte ihn an. „Wer bist du?" „Wo kommst du her?", fragte sie ihn voller Interesse. Als er den letzten Bissen hinuntergeschluckt hatte, sagte er: „Das will ich dir gerne erzählen." „Aber wie bist du denn auf die Insel gelangt?", fragte ihn das Mädchen, nachdem er ihr von der Insel und seinem Inselleben erzählt hatte. „Das erzähle ich dir morgen!", antwortete er.

Damit war das Mädchen zufrieden. „Komm, ich will dir zeigen, wo du schlafen kannst!", sagte sie zu ihm, denn sie sah, dass er sehr müde war. Schnell war der Junge eingeschlafen und das Mädchen war gespannt auf die Geschichte, die er am nächsten Tag erzählen würde und freute sich darauf.

Der Mangobaum

Es war einmal ein Baumstamm, der hatte keine Äste und keine Blätter. Das betrübte den Besitzer, der in einem grünen Tal wohnte. Wie schön sah es in anderen Gärten aus! Er beherzigte alle guten Ratschläge, aber der Baumstamm trieb weder Äste noch Blätter. „Ich kann das Unglück nicht mehr ertragen", sagte sich der Mann, der ein Müller war, „Ich gehe fort, um nicht ununterbrochen das Unglück anschauen zu müssen." So zog er denn aus und kam zu einem anderen Müller, dem er jahrelang diente, um sein Unglück zu vergessen.

Es war der Baum seiner Hochzeit gewesen. Als Brautleute hatten sie ihn sich ausgesucht, jung und zart war er, kräftig und prachtvoll sollte er werden. Aber er verkümmerte trotz guter Pflege, verlor seine Äste und Blätter wie seine junge Frau ihre Gesundheit. Bald darauf starb sie.

Die gute Tochter des Müllers, bei dem er in Diensten war, sah wohl, dass es dem noch jungen Müller nicht gut ging. Er trug stets einen traurigen Gesichtsausdruck, obwohl er bei bester Gesundheit war und kräftig anpackte. Sie versuchte ihn aufzuheitern und erzählte ihm drum lustige Geschichten. Aber dem jungen Müller war trotz der vielen Jahre, die vergangen waren, nicht zum Lachen zu Mute. Er mochte die junge Müllerstochter wohl leiden, doch wurde er zu sehr von seiner Trauer eingenommen, als dass er auf ihre Späße einzugehen vermochte.

Da sagte sich die Müllerstochter, die allzugern sein Herz gewonnen hätte: Ich will einmal auswandern in die Heimat desjenigen, der nicht lachen kann und nachforschen, was es damit auf sich hat. Sie nahm also Abschied und gab eine kleine Reise zu einer Verwandten vor.
Sie gelangte bald in das Dorf des verwitweten Müllers. Auf dem Wege zum Dorfplatz sah sie im Vorbeigehen einen astlosen Baum. „Oh, mein Gott, !", rief sie erschrocken aus, „Wer hat dich so hergerichtet, du armer Baum!" und berührte ihn liebevoll. Da war es ihr, als höre sie ein erleichtertes Seufzen. Sie drehte sich um, doch niemand war da. „Ich komme zurück, Baum", sagte sie dem Baum zugewandt, „Du brauchst Pflege. Ich will nur schnell ins Dorf und etwas erledigen." Der Dorfplatz war voller Leben. Handel wurde überall getrieben. Es war Markttag. Sie fragte hie und da nach dem Witwer und die Leute wussten ihr zu sagen, dass er vor langer Zeit das Dorf verlassen hatte, weil er das Unglück seines Baumes, der keine Früchte trug, nicht ertragen konnte. Sie erzählten ihr auch von der verstorbenen Frau, die, wie der Baum, ihre Gesundheit verlor. „Das ist eine böse Geschichte", erwiderte die junge Frau und erkundigte sich, ob sie wohl ein paar Tage in dem Anwesen des fortgegangenen Müllers wohnen könne. Es sei ganz verwildert und wohl kaum noch bewohnbar, hieß es. Man böte ihr anderswo ein Zimmer an, wenn sie bleiben wolle. Die Müllerstochter bedankte sich und gab kund, dass sie es vorzöge in dem Anwesen zu wohnen, um vollkommen ihre Ruhe zu haben und dass sie es wohl schaffe, es bewohnbar zu machen. Die Dörfler wunderten sich über die Frau, doch boten sie ihr ihre Hilfe an, falls sie nicht zurechtkäme.

Nun ging sie mit klopfendem Herzen zurück. „Das ist also sein Haus", sagte sie, als sie erneut vor dem Grundstück stand. Als erstes aber ging sie wieder zu dem Baumstamm und legte ihre Hände und sogar ihre Arme um ihn. „Lieber Baum", sagte sie, „für mich bist du ein Baum, auch wenn nur dein Stamm zu sehen ist. Ich weiß, dass in dir ein Baum mit vielen Ästen und vielen grünen Blättern wohnt. Sogar Früchte trägst du in dir und eine wunderbare Krone, auch wenn das niemand sieht und alle denken, du bist nur ein elender Baumstamm und taugst zu nichts, ja sogar sagen nicht wenige, dass man dich abholzen sollte!" Der Baum war gerührt, dass jemand ihn erkannte und gab ein leichtes Beben in die Umarmung der Frau. „Du hast viel gelitten", fuhr sie fort, denn sie spürte, dass der Baum sie gehört hatte, „das soll nun anders werden. Du hast ganz meinen Zuspruch. Ich bin nur für dich da und ganz und gar." Der Baum wusste sich vor Freude kaum zu lassen und trieb, oh Wunder, einen schönen, großen Ast. „So verstehen wir uns denn!", rief die liebevolle Frau und herzte ihn. Wann immer sie ihm nun nahekam, trieb er freudig Äste. Sie unterhielt sich viel mit ihm, schloss ihn immer wieder aufs Neue in ihre Arme, sog seinen Baumgeruch ein, fühlte und genoss seine Gegenwart. „Oh du guter Baum!", sagte sie, „Du schenkst mir so viel Lebenslust! Wenn ich sie doch deinem Besitzer mitteilen könnte!" Der schön gewachsene Baum wusste nicht recht, ob er jetzt finster werden sollte, denn er dachte daran, dass sein Besitzer ihn im Stich gelassen hatte oder ob er sich bei seinem Namen freuen sollte. Nun, er freute sich. Schließlich war er damals von ihm ausgesucht worden. „Ich möchte ihm aus Dankbarkeit eine Frucht schenken!", dachte er bei sich und als die junge Frau die Frucht sah, entzückte

sie sich."Oh, was für ein dankbarer Baum du bist!", rief sie und gestand ihm, dass sie allzugerne diese Frucht seinem Besitzer mitbringen wolle. Der Baum, der der gutherzigen Frau nun nichts mehr abschlagen konnte, zwinkerte und ließ die Frucht zu Boden fallen. Da wusste die Frau, dass sie die Frucht aufheben durfte und dem Besitzer bringen. Sie küsste den Baum stürmisch und machte sich für die Rückreise fertig. Das Anwesen hatte sie in der Zwischenzeit hergerichtet und ließ es bewohnbar zurück.
Wieder pochte ihr Herz mit jedem Schritt, den sie ihrem Hof näher kam. Als sie schließlich ihres Vaters Haus betrat, kam ihr der junge verwitwete Müllersmann lachend entgegen. Das konnte sie kaum glauben. War das noch derselbe Mann? „Was ist!", sagte er lachend, „Du guckst mich ja so ungläubig an!" „Ja, du lachst ja!", rief sie und lachte nun auch. „Ja", sagte er, „ich staune auch darüber. Dachte ich doch, das Lachen wäre in mir abgestorben. Aber während du verreist warst, bin ich aufgeblüht. Es war mir, als berührtest du mich, ja ich spürte sogar deine Arme um mich. Es war mir auch, als redetest du mit mir, obwohl ich nicht hörte, was du sagtest. Es passierte oft und zuguterletzt war mir, als küsstest du mich!" Als die Frau das hörte, wurde sie ganz in sich gekehrt und zwei Tränen kullerten über ihre Wangen. „Was hab ich angerichtet?", fragte der Müllersmann hilflos. „Nichts", erwiderte sie, „nichts", und wischte sich die Tränen ab. „Schau, ich hab dir was mitgebracht!", setzte sie hinzu und gab ihm die Frucht. „Eine Mango!" rief er überrascht, „Wo gibt es denn so etwas?! Du kannst doch unmöglich so weit gereist sein!" „Auf ihrer Reise", begann sie, „traf ich auf einen Baumstamm, der keine Äste hatte und sie erzählte ihm die ganze Geschichte vom Anfang bis

zum Ende. Da kullerten auch ihm zwei Tränen über die Wange und er wurde in sich gekehrt. So fasste sie sich denn ein Herz und legte ihren Arm um ihn gerade so wie um den Baum. Der Müller begann zu schluchzen und hielt sich an ihr fest. „Du schöner Baum, du", flüsterte sie in sein Ohr, „ich hab dich von Herzen lieb!" Jetzt hob er seine nassen Augen, küsste sie und flüsterte in ihr Ohr:"Und ich dich schon ganz lange! Wir wollen uns gar nicht mehr trennen!!"

Schon am übernächsten Tag machten sie sich gemeinsam auf, um nach dem Baum und dem Anwesen zu sehen. Auch der alte Müller kam mit, denn er war jetzt so betagt, dass es besser war, wenn er seine Zeit nicht mehr alleine verbrachte.

Als sie dem Dorf und dem Grundstück des Müllers näher kamen, sahen alle drei schon von weitem den hochgewachsenen Baum mit ausladenden Ästen und reichem Blätterwerk. Aber wie riefen sie alle drei gleichzeitig: „Oh!", als sie sahen, dass der Baum voller Früchte war! Ehrfurchtsvoll betrachteten sie die vielen Früchte. „Ein Mangobaum!", rief der Vater bewundernd aus, dann sank er zu Boden. Die Tochter durchfuhr ein tiefer Schreck. Sie ließ die Mango in ihrer Hand fallen und stürzte zu ihrem Vater. „Vater! Vater!", rief sie über ihn gebeugt, „Stirb nicht!" Aber der Vater sagte beruhigend: "Es ist gut so, mein Kind, ich muss jetzt einschlafen. Du hast noch deine Zeit zu leben. Lebe sie gut mit dem braven Müllersmann, so brav wie ich einer war". Dann schloss er die Augen, sie weinte auf seiner Brust bis sie spürte, dass jemand sie aufhob und wegtrug. Darüber schlief sie ein. Sie trauerte lange um ihren Vater, aber sie fand auch die Freude wieder in ihrem neuen Leben. Sie wurde des verwitweten Müllers zweite Frau und genoss ihr Zusammenleben. Der Mangobaum blühte Jahr um

Jahr und gab seine Früchte. Die Müllersleute liebten ihn und erzählten ihren Kindern seine Geschichte.

Die Perlen

Das Mädchen war unendlich traurig, deshalb weinte es sehr viel. Die Menschen mieden es, denn sie wollten fröhlich sein und nicht angesteckt werden von der Traurigkeit des Mädchens. Manche machten sich sogar lustig über sein freudloses Dasein.
Nun hatte das derart verachtete Mädchen die Angewohnheit, seine Tränen in einem Gefäß aufzufangen, welches es in einem alten Schrank aufbewahrte. Eines Tages, es war wohl ein ganzes Jahr vergangen, sah es, dass alle seine Tränen sich in Perlen verwandelt hatten. Es stellte das Gefäß in seinen Schoß und nahm einige Perlen heraus. Was für ein schöner Perlmuttglanz!, rief es. Entzückt lief es hinaus, um allen die Schönheit zu zeigen. Dabei bedachte sie den Neid der Menschen nicht. Es wurde gefragt, wie es denn dazu käme, und das Mädchen erzählte bereitwillig die ganze Geschichte. Ja, wenn das so einfach ist, sagten die Leute, wollen wir auch unsere Tränen zu Perlen machen. Da sie aber so gut wie nie weinten, schälten sie viele Zwiebeln, die ihnen die Tränen in die Augen trieben. Sie sammelten sie genau wie das Mädchen in einem Gefäß und stellten es in einen alten Schrank. Nach einem Jahr jedoch, befand sich in ihrem Gefäß keine einzige Perle. Da wurden sie sehr wütend auf das Mädchen und dachten, es hätte ihnen einen üblen Streich gespielt, um sich an ihnen dafür zu rächen, dass es von ihnen viel ausgelacht worden war. Das Mädchen beteuerte, dass es die Wahrheit gesagt habe. „Nun", sprachen die

Leute,"wenn es denn wahr ist, so schenk du uns deine Perlen." Das Mädchen wollte nicht, aber die Leute überzeugten es, dass es egoistisch sei, denn es könne ja seine neuen Tränen wieder in neue Perlen umwandeln. Obwohl eine solche Verwandlung nicht in der Macht des Mädchens stand, willigte es unter dem Druck ein. Außerdem hatten die Leute beschlossen, sich Perlenketten anfertigen zu lassen und mit diesen herausgeputzt auf dem Tanzboden zu erscheinen. Das Mädchen willigte schließlich ein, dass man ihr auch eine Kette umband, weil die Perlen aus ihren eigenen Tränen entstanden waren.

Als sich nun alle Frauen stolz in dem Tanzsaal einfanden, das Mädchen unter ihnen halb versteckt in der hintersten Reihe und mit ihren Perlenketten das Erstaunen der Männer hervorriefen, spielte die Musik auf, und die Frauen wurden von den Männern aufgefordert. Diese machten gerade ihre Bücklinge vor den Damen, da spürten diese wie es nass um ihren Hals wurde. Erschreckt fassten sie in ihren Ausschnitt, sie wurden blass und der Atem stockte ihnen, als sie nur mehr statt der Perlenkette einen bloßen Bindfaden um den Hals trugen. Bestürzt sahen die Frauen sich an und die Männer, die gerade ihre Köpfe hoben, wichen zurück. Kreischend liefen die gedemütigten Frauen aus dem Saal. Sie drängten sich alle an der Ausgangstür, auch das Mädchen, dessen Perlen immer noch Perlen waren.

Da wurde es plötzlich von einem Tänzer an seinem Arm ergriffen und zurückgezogen. Das Mädchen musste ihm sagen, was vor sich ging und warum. „Warum bist du denn immer so traurig?" fragte der junge Mann. „Nun", antwortete das junge Mädchen, „es gibt so viele traurige Geschichten, die meine Tränen hervorrufen. Vor einiger Zeit starb unsere

Nachbarin bei der Geburt ihres Kindes. Da musste ich weinen." „Und wann bist du noch traurig?", fragte der Mann weiter. Das Mädchen wunderte sich über sein Interesse und fragte, ob er das denn wirklich wissen wolle? „Aber ja", antwortete er, „ich will dich kennen lernen und erfahren, was dein Herz aufrührt." Das Mädchen seufzte und fasste sich unwillkürlich an die Perlenkette. „Ja", sagte es, „es gibt Kinder, die geschlagen werden, es gibt Krieg, die Menschen verlieren Haus und Hof und Heimat und alles." Der junge Mann nickte. „Vor kurzem", sagte das Mädchen, „hörte ich einen Mann und eine Frau über ihre Trennung sprechen. Sie hatten eine Liste, auf der jedes Ding aus ihrem Haushalt aufgeführt war, es ging darum, wer was bekam. Es ging auch um das gemeinsame Kind, der Mann sagte, wenn du ihr das Taschengeld bezahlst, bezahle ich ihr das Handy." Der junge Mann nickte wieder, dann sagte er:"Aber es gibt auch schöne Dinge im Leben, weißt du auch davon?" „ Nicht so viel", erwiderte das Mädchen, „ich bin wohl zu traurig, um ihnen nachzugehen". „Vielleicht könntest du das ändern?" sagte der junge Mann fragend. „Wir könnten zum Beispiel ins Kino gehen, eine Bootsfahrt unternehmen, ein Theaterstück schreiben oder ans Meer fahren und am Strand spazieren gehen?" Das Mädchen dachte nach. „Ja, warum nicht", antwortete es. Der junge Mann war ihr sympathisch, vielleicht konnten sie Freunde werden. Sie lächelte. „Na dann", sagte der junge Mann aufatmend, als er sah, dass er das junge Mädchen für sich gewonnen hatte, „dann will ich jetzt mit dir tanzen!"
Einige Frauen waren mit neuen Ketten zurückgekehrt, schöne Ketten, die sie schon vor der Perlenkette besaßen, andere Frauen, ebenso schön, waren noch

hinzugekommen. „Ich kann gar nicht tanzen", gestand das Mädchen und fasste verlegen an seine Perlenkette. Der Blick einer Frau, deren Perlenkette zu Wasser geworden war und die nun wieder ihre eigene schöne Kette trug, traf sie strafend, als sie mit ihrem Tänzer an ihr vorbeikam. „Versuchen wir es", sagte der Mann, der des Mädchens Hand ergriff und es auf den Tanzboden zog. Als der Abend vorüber war, war sie schon eine ausgezeichnete Tänzerin. Sie traf mit dem jungen Mann eine Verabredung und von da an sahen sie sich viele Male. Jedoch war das Mädchen manchmal so traurig, dass es die Verabredung absagen musste. Trotzdem wünschte sich der junge Mann das Mädchen zur Frau und weil sie ihn liebgewonnen hatte, wurde sie das auch.

Die Puppenkinder

Eine Frau mit einer Wunde im Gesicht sah bei einer Trödlerin eine Stoffpuppe auf dem Tresen. Sie war nackt, hatte nur noch einen Teil ihrer Haare und die, die noch da waren, waren verfilzt. Von ihrer Nase war der obere Stoffbezug nicht mehr vorhanden, im Ganzen schien sie schmutzig. Die Frau mit der Wunde wurde aber von dieser beschädigten Puppe angezogen. Sie nahm sie in die Hand und fühlte sich angerührt von ihrem verwahrlosten Zustand genauso wie von ihren strahlenden, königsblauen Augen, die mit Stickgarn aufgenäht waren, und ihrem tiefroten, geschlossenem Mund, der ebenfalls mit dem leuchtenden Garn aufgestickt war. Ihr kam die Puppe lebendig vor, sie meinte, sie müsse sich um sie kümmern und sie in einen besseren Zustand versetzen. Zwischen dem Trödel entdeckte sie noch eine weitere Puppe, die ihr, wenn sie lebendig gewesen wäre, auf die Schulter geklopft hätte und „Heh! Nimm mich auch mit!" gesagt hätte. Diese Puppe war aus Zelluloid und hatte an einem Arm keine Hand mehr. Stattdessen war ein tiefes Loch zu sehen. Sie hatte ein Kleidchen an und Schuhe, aber von ihrer Unterhose hatte sich der Gummi abgelöst, und sie war schmutzig. Ein Hemdchen trug sie nicht. Ihre blonden Zöpfe waren geflochten, aber lange nicht gekämmt worden. Sie hatte einen sehr freundlichen Gesichtsausdruck. Die gute Frau tat einen großen Seufzer und kaufte beide Puppen.
Zu Hause dachte die Frau über das Schicksal der Puppen nach, warum sie wohl so zugerichtet waren.

Sie sah ein Mädchen mit blonden Zöpfen, das vor seiner Mutter stand mit hingestreckten Armen, die Hände zu fest verschlossenen Fäusten gerollt. Die Mutter schimpfte heftig mit dem Mädchen, das ihr zeigen sollte, was es in seinen Händen versteckte. Das Mädchen aber wollte aus Angst vor der Strafe, die Fäuste auf keinen Fall öffnen. Denn die Strafen der Mutter waren grausam. Mal musste es im dunklen Keller stehen, mal den ganzen Tag ohne Essen bleiben, mal musste es draußen im Wald übernachten und durfte sich dem Haus nicht nähern. Das Mädchen hatte in seiner kleinen Faust einen Groschen eingeschlossen, den es aus der Geldbörse der Mutter gestohlen hatte. Die Mutter drohte ihm, dass sie ihm eine Hand abhacken würde, wenn es nicht gehorchte und die Fäuste öffnete. Es glaubte der Mutter nicht, dass sie solch eine Tat verüben könnte und dachte nur an die bisherigen Strafen, die sie durchlitten hatte. Aber da wurde dem Mädchen tatsächlich die Hand abgehackt. Es war darüber so erschrocken, dass es für immer aufhörte zu sprechen und überhaupt aufhörte zu leben. Es erstarrte zur Puppe, mit der die Mutter machen konnte, was sie wollte.

Die Frau richtete nun ihren Blick auf die Puppe mit den Zöpfen und seufzte. „Also erstarrte Kinder sind das!", sagte sie zu sich selbst. Dann blickte sie die Stoffpuppe an und versenkte sich. Die Stoffpuppe war die jüngere der Puppen. Sie war etwa drei Jahre alt, während ihre Schwester mit den blonden Zöpfen schon fünfeinhalb sein mochte. Die Frau meinte, dass die kleinere, die aus Stoff war, aus Leibeskräften schrie, und dass sie gar nicht mehr aufhörte. Sie hatte wohl mit angesehen, was die Mutter ihrer Schwester angetan hatte. Bisher hielt sie sich im Verborgenen auf, aber kam jetzt aus ihrem Versteck hervor.

Schreiend lief sie geradewegs zu dem Haus des Nachbarn, den sie kannte. Aber er brachte sie zu ihrer Mutter zurück. Er wollte gar nicht wissen, was geschehen war, denn ein Kind gehörte immer der Mutter, fand er. Die Mutter dankte dem Nachbarn für seine Treue und bestrafte das schreiende Kind. Sie kokelte dem Kind die Haare an, zerriss seine Kleider und schlug auf das nackte Fleisch besinnungslos ein. Da bekam das Mädchen einen Schock und erstarrte wie ihre Schwester. Aus ihr wurde eine Stoffpuppe.

Die junge Mutter kam wegen ihrer Vergehen in eine Strafanstalt und danach in ein Heim für junge Mütter. Es war zu schwer für die jungen Mütter, ihre Kinder groß zu ziehen, weil sie selbst eine schwere Kindheit voller schlechter Erlebnisse gehabt hatten, an denen sie immer noch trugen, denn diese Erlebnisse waren ja in ihnen und wie ihr Fleisch und Blut geworden. Die enge Wohnung der Mutter, deren Kinder erstarrt waren, wurde aufgelöst, Trödler kamen und nahmen die wenigen Dinge mit, die in der Wohnung vorhanden waren. Darunter waren die beiden Puppen. So kam es, dass sie in dem Trödelladen auftauchten, in dem die Frau mit der Wunde sie fand und kaufte.

Sie überlegte, wie es gehen könnte, dass sie aus ihrer Erstarrung herauskämen und wieder Kinder würden.

Sie ging in ein Kinderheim, in dem Kinder mit schlechten Erlebnissen wohnten. Sie freundete sich dort mit den Kindern an, besonders mit dem Jungen Emir und einem Mädchen namens Ramona. Es kam die Zeit, da die Frau dachte, dass sie den beiden Kindern ihre Puppen anvertrauen wollte. Sie brachte sie mit und fragte sie, ob sie mit den Puppen spielen wollten? Die Kinder wollten gerne und einigten sich, wer welche Puppe bekäme und für sie sorgte. Sie spielten viel mit den Puppen. Eines Tages machten sie mit allen Heimkindern einen Ausflug in den Wald. Die beiden Puppen nahmen sie mit und setzten sie auf eine Holzbank aus einem Baumstamm, damit sie ihnen beim Spielen zusehen könnten. Auf einmal bemerkten sie unter den Heimkindern zwei fremde Kindergesichter. Sie blickten sich zu ihren Puppen auf der Baumstammbank um, aber sie waren nicht mehr dort. Da tuschelten Emir und Ramona: „Sehen die beiden fremden Mädchen nicht aus wie unsere Puppen? Die größere hat genau solch blonde Zöpfe wie unsere Puppe! Und ähnelt die kleinere nicht der Stoffpuppe? Sie hat doch genau solch blaue, strahlende Augen!" Sie rannten zu den Erziehern und erzählten ihnen, dass zwei fremde Kinder unter ihnen wären, die mit den anderen Kindern spielten. Dann fragten sie sie, ob sie bei ihnen bleiben dürften? Als sie alle zurück im Heim waren, entschied die Heimleitung, dass die beiden Fremdlinge bleiben dürften. Am meisten freundeten sich Emir und Ramona mit den beiden an.

Als die Frau mit der Wunde zu Besuch kam, führten die Kinder sie zu ihren neuen Freunden. Die gute Frau erkannte sogleich ihre Puppenkinder und sah, dass sie wieder lebendig geworden waren. Sie lud die kleine Gesellschaft zu einer Dampferfahrt ein und dann zu sich nach Hause. Jetzt wurde sie häufiger von dem vierblättrigen Kleeblatt besucht, denn sie selbst ging nicht mehr so oft ins Heim, weil ihre Beine nicht mehr so stark waren.

Als die beiden ehemaligen Puppenkinder junge Erwachsene geworden waren, die, weil sie nicht wussten, wie sie hießen, sich selbst einen Namen gegeben hatten, nämlich Sabine und Marlies, entdeckten sie einmal auf dem Flohmarkt zwei beschädigte Puppen, eine Jungenpuppe und eine

Mädchenpuppe, die ihnen leid taten und die sie deshalb kauften. Sie zeigten sie der alt gewordenen, guten Frau, die nicht mehr so gut gehen konnte. Diese freute sich, dass die beiden Mitleid mit den Puppen gehabt hatten. Sie wusste von sich, dass sie bald sterben würde und schenkte den beiden eine durchsichtige, gläserne Kugel und sagte ihnen, dass sie, wenn sie sich konzentrierten, darin das Schicksal der erstarrten Kinder sehen könnten.

Sabine und Marlies benutzten die Kugel. Sie sahen darin, dass die Mutter des Jungen starb, als er geboren wurde, und die neue Frau, die eigene Kinder mit in die Ehe brachte, den Jungen nicht mochte. Sie gab ihm weniger zu essen und ließ ihn nicht mit ihren eigenen Kindern spielen. Dem Mann erzählte sie immer Schlechtes über den Jungen. Als aber die Frau den Jungen einmal so fürchterlich bestrafte, erlitt der Junge einen Schock und erstarrte, denn die böse Frau hatte ihm die Füße abgesägt. Aus dem Jungen wurde eine Jungenpuppe. Der entsetzte Vater verließ mit der Puppe das Haus mit der bösen Frau und ihren Kindern. Er zog in die Stadt und fand Arbeit. Aber es kam nach vielen Jahren einmal eine große Arbeitslosigkeit, da dachte der Mann: „Was soll ich noch mit der Puppe? Sie wird ja sowieso nicht mehr lebendig! Da soll sie mir wenigstens Geld einbringen, damit ich mir etwas zu essen kaufen kann." Er verkaufte die Puppe an einen Trödler, der sie mit auf den Flohmarkt nahm und an Sabine und Marlies verkaufte. „Es wäre schön", sagten sich die beiden, „wenn wir den Vater ausfindig machen könnten. Wenn er inzwischen eine gute Frau gefunden hat, die den Puppenjungen liebhat und pflegt, dann wird er vielleicht wieder lebendig." Deshalb gingen sie mit der Puppe auf einen großen Flohmarkt, zu dem immer viele Leute kamen und setzten sie gut sichtbar auf ihren Verkaufstisch. Sie hofften, dass der Vater unter den Besuchern wäre und seinen Sohn in der Puppe erkennen würde. Aber erst bei ihrem dritten Flohmarkt blieb unter der vorbeiströmenden Menge ein Mann vor der Puppe stehen und blickte sie lange an. Er fragte, ob er sie in die Hand nehmen dürfe? Das durfte er. Der Mann besah sich die Jungenpuppe von allen Seiten und war schließlich überzeugt, dass es sich um die Puppe handelte, die einmal sein Sohn gewesen war. Er bat darum, sie zurückzulegen, weil er mit seiner Frau wiederkommen wollte. Als er mit seiner neuen Frau zurückkam, die eine gute Frau war, war sie erschrocken, wie schlecht es der Puppe ging. Sie wollte sich gleich heute noch um sie kümmern und sie liebhaben, damit sie wieder lebendig würde, ein lebendes, spielendes Kind.

Die Mädchenpuppe, so zeigte die gläserne Kugel, als sie sich konzentrierten, hatte auch ein schweres Schicksal. Ihr nämlich wurde von der Mutter ein Bein abgehackt, damit sie nicht mehr zum Vater laufen könnte, der im Wald arbeitete. Dem Vater wollte die Mutter glauben machen, dass das Mädchen ein böses Mädchen sei und durch eine Krankheit, die böse Mädchen, die nicht bei ihrer Mutter blieben, befalle, das Bein verloren habe. Der Vater aber liebte seine Tochter und glaubte der Mutter nicht, sondern seiner Tochter. Die falsche Mutter kam ins Gefängnis. Weil das Mädchen in dem Vater einen Beistand gefunden hatte, erstarrte es nicht, denn es wurde ja, obwohl es nur ein Bein hatte, geliebt. Es lernte mit Krücken zu gehen und suchte sein Bein, das die Mutter zerstückelt und im Garten vergraben hatte. Es stocherte mit seiner Krücke überall herum, bis es die Stelle gefunden hatte, wo das zerstückelte Bein lag. Es bewässerte fortan dieses zerstückelte Bein, als wenn es der Samen einer Pflanze wäre. Es glaubte, dass daraus etwas wachsen würde. Tatsächlich wuchs eines Tages ein Mädchen aus der Erde, so wie sie eines gewesen war mit zwei Beinen. Als sie das Mädchen berührte, wurde es lebendig und das Mädchen mit den Krücken verschwand.

Als Sabine und Marlies aufschauten, stellten sie fest, dass das Mädchen Ähnlichkeit mit der Puppe hatte. Vielleicht hatte die Stoffpuppe ein ähnliches Schicksal erlebt, jedoch keinen liebenden Vater gehabt, der es durch seine Liebe vor der Erstarrung hatte retten können. Sie entschlossen sich, diese Puppe ins Kinderheim zu bringen und dort einem fürsorglichen Kind anzuvertrauen, denn sie dachten an ihr eigenes Schicksal und daran, dass sie selbst ja auch durch die liebevolle Hinwendung der Kinder im Kinderheim wieder lebendig geworden waren.

So geschah es, dass die fürsorgliche Liebe immer mehr erstarrte Menschenkinder lebendig machte

Der Ring

Die Lage war ernst. Bald saßen sie in einem Eisenbahnwaggon. Es war ein Viehwaggon ohne Fenster. Da alle schwiegen, hörte man das Rattern der Räder auf den Schienen. Man hörte es lange, weil es eine lange Fahrt war. Eine Frau, die ein Baby in ihren Armen hielt, drückte es einem fremden Mann in die Arme. Dann verschwand sie. Als sie nicht wiederkam, wurde der Mann unruhig und gab das Baby weiter. Bei der Ankunft lag das Baby in den Armen eines Mannes, der damit nichts anzufangen wusste.

    Er traf aber auf der Straße einen Bettler, der ihm seine geöffnete Hand hinhielt, um ein Geldstück zu empfangen. Darauf ging der Mann jedoch nicht ein, sondern drückte ihm das Baby in die Arme, während er in schnellen Sätzen sagte, dass er nur etwas besorgen wolle und dann wiederkäme, um das Baby abzuholen. Weg war er. Der Bettler, der ein Musikant war, sah ihm noch hinterher und richtete dann seinen Blick auf das Gesichtchen des Babys. Er hatte noch nie ein Baby im Arm gehalten. Das fühlte sich gut an, das warme Körperchen, das da an seiner Brust atmete. Aber jener Mann kam nicht zurück, das merkte er bald. So zog er mit dem Kind und seiner Gitarre von dannen, bis sie vor seinem Bauwagen standen. Er legte das Baby auf sein Bett, stellte seine Gitarre ab und machte Feuer. Während dessen sprach er mit dem Baby. „Weißt du, wir werden jetzt zusammenwohnen", erzählte er ihm, „dann bin ich

nicht mehr so alleine und du auch nicht!" Als er das Baby anschaute, fand er, dass es befriedigt lächelte. Das nahm der Musikant als sein Jawort.
Er nahm das Baby überall mit hin und sang ihm seine Lieder vor. Als es größer war, setzte er es oft auf seine Schultern, so gingen sie durch die Straßen. Aber der Junge wurde größer und schulpflichtig, es begannen die Probleme mit der Schule und mit ihm, dem Mann. Der Mann sagte: „Wenn du mir nicht mehr gehorchen willst, dann lauf weg!" Das tat der Junge. Er hatte nun seine Freiheit und wurde Bettler.
Aber eines Tages - da war er schon ein fertiger Mann - nahm er einen Auftrag an. Seine Kumpanen wunderten sich, was in ihn gefahren sei, denn er baute einen tiefen Brunnen. Sein Durchmesser war nicht allzu groß, aber seine Tiefe war unvorstellbar. Schließlich kam das Wasser hinein. Wenn die ehemaligen Kumpanen über den Brunnenrand hingen, sahen sie, wie dunkel und undurchdringlich das Wasser war, so dass ihnen geradezu unheimlich wurde. Sie machten sich seit einiger Zeit einen Spaß daraus, jemanden hinunterzulassen und wieder hochzuziehen. Auch der Erbauer war mit von der Partie, aber, als er hinuntergelassen war, kam er nicht wieder an die Oberfläche, so viel sie auch an dem Seil zogen, sie hatten ihn verloren. An dem hochgezogenen Seil baumelte nichts, rein gar nichts und alle Köpfe beugten sich über das dunkle undurchdringliche Wasser, das keine Auskunft darüber gab, wo er geblieben war.
Auf dem Boden des Brunnens angekommen, war er plötzlich in einem Gemach. Es war jedoch ohne eine Menschenseele, ebenso erging es ihm in den anderen Gemächern, obwohl sie schön und wohnlich eingerichtet waren. Sie hatten einen verlassenen

Charakter und machten ihn schaudern, deshalb war er heil froh, als er auf eine grüne, saftige Wiese kam, in der allerlei Blumensorten eingepflanzt waren, die sich dort entfalteten. Der blaue Himmel strahlte und lag wie schützend über der bunt blühenden und duftenden, grünen Wiese. Die Sonne verteilte ihren Goldschimmer , das ließ eine frohe Stimmung in ihm aufkommen. Das schwarze Kleid vergaß er bald, das er in einer der Kammern gesehen hatte. Es hatte dagelegen, als habe eine Frau es gerade ausgezogen, doch war sie nirgends zu sehen gewesen. Deshalb war er froh, jetzt hier zu sein unter freiem Himmel, denn die Gemächer und alles in den Gemächern hatte so schrecklich verlassen gewirkt, sogar das schwarze Kleid.

Als er ein Stück gewandert war, begegnete er freundlichen Leuten, die ihn grüßten. „Ein freundliches Land!" dachte er, „Nicht nur die Landschaft ist lieblich, sondern auch die Leute!" Er sah nichts, was ihn verstimmt haben könnte.

Doch da hörte er plötzlich ein Wehklagen, ein großes Jammern, er sah schwarze Tücher, mit denen ein prächtiges Schloss verhängt war. Er erfuhr, dass die Prinzessin des Landes todkrank war und niemand sie zu heilen wusste. „Nun", dachte er, „was habe ich damit zu tun?! Ich bin kein Arzt und verfüge auch nicht über andere Heilmittel. Also gehe ich weiter und vergesse die Prinzessin!" Aber so einfach war es gar nicht, das Unglück der Prinzessin zu vergessen. Er sah die schwarzen Tücher vor seinen Augen und hörte den großen Jammer und die Wehklagen in seinem Ohr, obwohl er sich immer mehr des Weges entfernte. Schließlich sagte er sich: „Gut, ich will überlegen, wie ich der Prinzessin helfen kann, denn jetzt, da ich das große Unglück gesehen habe, kann ich doch nicht mehr unbeschwert weiterwandern". Er legte sich in das grüne Gras, als er lange so gelegen hatte, war ihm auch etwas in den Sinn gekommen. Er stand auf und wanderte den Weg zurück. Er erhielt Einlass in das Schloss, denn er hatte kühn behauptet, dass er ein Mittel wüsste, womit der Prinzessin vielleicht zu helfen wäre. Als er aber sein Mittel nannte, fand man es lächerlich. Doch konnte man sich keine Lächerlichkeit leisten. Die Prinzessin siechte dahin, da musste jedes Mittel ernst genommen und seine Wirkungskraft ausprobiert werden. Er verlangte, dass die Prinzessin aus ihrer Einöde und staubigen Enge des Schlosses auf die saftige, grüne Wiese mit den vielen, bunten Blumen, die er selbst als Labsal empfunden hatte, hinausgetragen wurde. Dann mussten die Diener sie alleine lassen, in einer Woche erst durften sie wiederkehren. Der Mann wollte, dass die Prinzessin wieder natürlich lebte, im Einklang mit der Natur zum Leben zurückfand. Der hellblaue Himmel sollte ihren Augen wohltun, die Sonne sollte sie durch und durch aufwärmen, der leichte Wind sollte zärtlich über ihre Haut streichen, der Sauerstoff der grünen Natur sollte ihre Lungen vollauf versorgen, das Wasser, wenn sie in den See ginge, um zu baden, sollte ihren Geist und ihren Körper erfrischen, mit dem Vogelgesang sollte ihr Herz aufgehen, er selbst wollte sie mit seinen Erzählungen und Liedern froh stimmen.

Das Herz der Prinzessin wurde gerührt, als sie wieder gesund war und lachte, fand sie, dass sie wirklich wie begraben in dem Schloss mit seinen vielen Mauern, Räumen, Türen und Bewachern gelebt hatte. Der Weg nach draußen hatte unendlich lange gedauert, bis sie alle Flure passiert hatte, alle Stockwerke und Treppen hinuntergegangen war und alle notwendigen Türen geöffnet hatte. Da hatte sie schon lieber drinnen gelebt, bis dass sie gar nicht mehr hinaus gegangen war, schließlich war der Schlossgarten ja auch nicht voller Naturwunder, sondern immer derselbe gepflegte, gedämpfte, beschnittene Garten von einer dicken und hohen Mauer umgeben, die ihn von der übrigen Natur trennte.

Nun aber zog die Prinzessin Konsequenzen. Sie verschaffte sich ein einfaches Leben auf dem Lande und aus dem Schloss wurde eine Akademie der Bildenden Künste, denn die Prinzessin malte selbst sehr gerne und wollte sich in der Malkunst vertiefen. Sie lachte und verriet dem Mann, dass sie keine Prinzessin mehr sein wollte, denn das sei ein gar zu langweiliges Leben, das sie in dieser Robe geführt habe, sie bat ihn, sie bei ihrem Vornamen zu nennen. „Anna", sagte sie, „nenn mich Anna!" so wie auch sie ihn schon seit langem mit seinem Vornamen Johannes rief.

Eines Tages machte Johannes ein ernstes Gesicht. „Anne", sagte er, „ich muss von dir Abschied nehmen, es zieht mich zur Erde. Ich bin ein Erdenbewohner und möchte zurück!" „Ja", sagte sie, „das kann ich verstehen. Ich habe damit gerechnet. Nimm zum Abschied diesen Ring. Wenn du dich an mich erinnern willst oder wenn du in deinem Leben nicht mehr weiter weißt, drehe ihn dreimal."

Auf dem Rückweg schaute er oft auf den Ring, denn er wollte sich an Anna erinnern, aber noch wusste er weiter in seinem Leben. Der Ring hatte drei schöne Steine. Am liebsten war ihm der mittlere, der von einem durchscheinenden und doch sättigenden Blau war. Er brauchte Annas Hilfe nicht und konnte sich nicht vorstellen, dass er sie jemals brauchen würde.

Auf der Erde ging alles seinen gewohnten Gang. Da konnte es ihm schon manchmal vorkommen, als sei er gar nicht fortgewesen. Er hatte die Erde wieder und die Erde hatte ihn wieder, aber beklommen strich er jetzt manchmal durch die Straßen, weil er sich recht einsam fühlte. „Kann es etwa sein, dass Anna mir fehlt?", dachte er. Die Schultern hochgezogen, den Mantelkragen hochgeschlagen, die Hände in den Taschen, so schritt er auf leisen Sohlen durch die winterliche Kälte und menschenleere Nacht.

Nur ein blauer Stern am Himmel oder bildete er sich seine blaue Farbe ein? Es gab doch keine blauen Sterne. Wie er glänzte! Wenn Anna ihn sehen könnte, dachte er unwillkürlich, da kam es ihm vor, als strahlte der Stern genau ein solches Blau aus wie der mittlere Stein des Ringes. Der Gedanke an die weit von ihm entfernt weilende Anna stimmte ihn noch niedergeschlagener. Er drehte an dem Ring an seinem Finger, aber er sah ihn dabei nicht an, denn er erinnerte sich auch so an Anna, die ihm doch fehlte, das spürte er jetzt. Als wenn sein ganzes Unglück ihre Abwesenheit sei.

Über ihm, am Firmament, glänzte der blaue Stern. Auf einmal kam es ihm vor, als strahle das ganze Himmelszelt dieses durchscheinende, tiefe Blau aus und als glänzten viele tausend kleine, weiße Sternchen dort oben, die ihn an die vielen Tausenden von Kindern erinnerten, die Annas Land beseelten. Er seufzte. Vielleicht hätte er doch nicht weggehen sollen?

Er drehte jetzt dreimal an dem Ring und flüsterte: Anna! Ihr liebliches Angesicht erschien in dem blauen Stein. „Ich vermisse dich!" sagte der Mann leise. Anna antwortete ihm. Auch sie sprach leise. „Ich vermisse dich auch!" sagte sie. „Aber wir können zusammenkommen. Mische dich unter die Menschen und lerne sie kennen. Ich bin auch eine Erdenbewohnerin, nur hast du mich als solche noch nicht getroffen." Mit diesen Worten ließ die Frau ihn zurück, der Ring war wieder ein Ring. Aber der Mann war doch froh geworden, denn das Gefühl, dass sie wie er auf der Erde spazieren ging und sie die Chance hatten, sich zu treffen, vergnügte ihn.

Nun begegnete er den Mitmenschen weicher und aufgeschlossener. Dabei spürte er eine milde Zufuhr von menschlicher Wärme. Aha, dachte er, so ist das! Er wurde immer freundlicher und geselliger. Das machte ihn für die Frauen anziehend. So lernte er viele von ihnen kennen. Doch seine Anna hatte er nicht gefunden.

Er wurde wieder traurig, denn er glaubte nicht mehr an sein Ziel. Da drehte er wieder dreimal an dem Ring und Anna erschien. Er erzählte ihr seine Not und ließ sie wissen, dass er noch unglücklicher sei als vordem, denn trotzdessen, dass er sich mit vollem Interesse unter die Menschen gemischt hatte, war sein Herz einsam geblieben. Vielleicht lag es daran, dass er als Kind einem Bettler und Straßenmusikanten in die Arme gedrückt worden war, kam es ihm in den Sinn. Vielleicht fürchtete er, wenn er sich einließe, wieder weitergereicht zu werden wie ein unbrauchbarer Gegenstand. Nein, das wollte er nicht mehr. Lieber ein vereinsamtes Herz, an das keine Menschenseele mehr rührte, weil es zu tief verborgen und zu weit entfernt lag. „Aber genau das ist es!", sagte Anna, „du musst dein Herz öffnen! Du musst einen Menschen in deinem Herzen aufnehmen, nicht nur in deinen Kopf und dir Gedanken machen. Ein Mensch muss offenen Zugang zu dir haben!" „Genau das fällt mir schwer!", erwiderte Johannes, „Ich glaube, meine Tür ist eine schwere Eisentür und dahinter liegt ein kalter, leerer Raum, dessen Wände so dick sind wie die eines Kriegsbunkers." „Das kann schon sein!", antwortete Anna, „jedoch sehe ich keine andere Möglichkeit, als diese schwere Eisentür zu öffnen, Licht hereinzulassen, Sauerstoff und vielleicht kommen ja doch Menschen. Nicht alle suchen ein hell erleuchtetes, prunkvolles Schloss. Außerdem kann man Räume verlassen und sich an anderen, schöneren Orten niederlassen." Das war das letzte Wort der ehemaligen Prinzessin, dann ließ sie ihn allein. Er fühlte sich auf einmal bitterlich allein, so sehr, dass er weinte, so sehr herzergreifend weinte, dass sich eine Amsel bei ihm niederließ und ganz dicht an seinem Ohr zu singen anfing. Da hob er seinen Kopf, den er an ein Brückengeländer gelehnt hatte und blickte aus geröteten Augen auf den singenden Gesellen.„Sing nur!", sagte er zu ihm, „du hast allen Grund. Dir fehlt es an nichts! Aber mir", schluchzte er, „fehlt es an allem. Mir ist geradezu zu Mute, mich in den Fluss dort unten zu stürzen!" Da schwieg die Amsel und sagte keinen Piepston mehr. „Ich wollte dich nicht traurig stimmen!", sagte der Verzweifelte, „sing nur wieder! Du singst schön!" Da sang die Amsel noch schöner als vorher und flog ihm zu Ehren schöne, schwungvolle Runden. „Was ist das für ein interessanter Vogel!", sagte da plötzlich eine Stimme neben ihm. Er hatte die Spaziergängerin gar nicht kommen hören, denn nur sein eigenes Weinen und Schluchzen war in seinem Ohr gewesen. „Ja!", sagte er und suchte in seinen Manteltaschen nach einem Taschentuch, denn er wollte die Spuren seines Tränenausbruchs wegwischen. Da reichte sie ihm eins und meinte, sie habe immer Taschentücher bei sich, da sie nicht selten in sentimentale Stimmungen gerate, die sie zum Weinen brächten. „So?" fragte der Mann. „Das ist nicht schlimm!", sagte die Frau, „wozu haben wir denn die Tränen?! Sie wollen geweint werden, wenn sie da sind!" „Achja!", entgegnete der Mann, „das ist wohl wahr! Aber es ist eben doch ungewöhnlich so in der Öffentlichkeit den Tränen ihren Lauf zu lassen!" „Das mag angehen!", antwortete sie, „doch fragen die Tränen nicht danach, wo sie sich gerade befinden. Und ich finde das gut so!" Der Mann sagte nun nichts mehr, dachte aber, dass sie wohl recht hätte.

Er wollte sich gerade von ihr verabschieden und seines Weges gehen, als sie ihm zuvorkam, ihn fragte, ob er wohl Lust und Zeit hätte, mit ihr in ein Lokal einzukehren, denn sie hätte Durst und seine Gesellschaft würde sie erfreuen. „ Ich weiß gar nicht", sagte der erstaunte Mann, „ich glaube, ich bin gar kein lustiger Gesellschafter!" „Sie müssen ja auch nicht lustig sein!" sprach die Frau, „ich weiß ja, dass Sie sich gar nicht lustig fühlen! Aber mit einer Unterhaltung könnten wir es doch probieren?!" „Nun gut!", willigte der Mann ein. Eigentlich freute er sich, denn die Frau, hatte etwas, dass ihn an Anna erinnerte. Ob es ihre Grübchen waren? Hatte Anna überhaupt Grübchen? Solange ist alles schon her, dachte er, dass ich nicht einmal mehr mit Sicherheit weiß, ob sie Grübchen hatte. Dann legte die Frau ihren Arm auf den Tisch und umfasste mit ihrer Hand das Glas mit dem Wein, den sie bestellt hatte. Da blinkte es an ihrem Finger. Der Mann strich über seine Augen, denn er glaubte, er sei einem Trugbild erlegen. Doch als er wieder hinschaute, strahlte ihn der Ring, den sie trug, mit seiner hellblauen Transparenz und zugleich einer dunklen, samtigen Tiefe, voll an. „Sie haben einen schönen Ring!", sagte er aufgeregt. „Ja!", erwiderte sie und blickte nun selbst darauf. „Den hat mir die Freundin meiner Mutter geschenkt. Ich liebe diesen Stein, weil ich sie liebte!" Sie erzählte von dem schweren und verfolgten Leben dieser Frau, die in ihrer Not ihr Baby weggeben hatte in der Hoffnung, dass es nicht wie sie selbst getötet würde". Der Mann bemerkte, dass seine Hände zitterten, als er der Erzählung folgte und dachte, dass es vielleicht sogar seine Mutter gewesen sein könnte. Laut sagte er: "Ja, das war eine schlimme Zeit. Es gibt viele solcher Geschichten!" Die Frau nickte und trank ihren Wein so wie auch er seinen Wein trank. Sie kamen immer mehr ins Erzählen und hörten gar nicht mehr auf. Der Wirt musste sie schließlich vor die Tür setzten, denn er wollte auch einmal schlafen gehen. Da gingen sie wieder zur Brücke, auf der sie sich kennengelernt hatten. Doch jetzt liefen sie nicht nebeneinander her, sondern gingen Hand in Hand und vor ihnen entfaltete sich in der Ferne der rote Feuerball, die Morgensonne begrüßte sie. Da lachten sie und küssten sich auf den Mund, als wollten auch sie sich begrüßen und „Ja!" zueinander sagen.

Ein Rotkäppchen

Es war einmal ein Rotkäppchen, das ging im Wald spazieren, ganz so wie es im Märchen vom Rotkäppchen steht, doch dieses Rotkäppchen steckte sich eine Beere in den Mund. Es sammelte Waldbeeren. Sein Körbchen war bereits dreiviertel mit dunkel glänzenden Waldbeeren voll und seine Lippen und Zunge vom Naschen blauschwarz gefärbt. Für sein Leben gern aß es diese kleinen, runden, kugeligen Früchte, knipste zuvor die schwarzen kleinen Büschel heraus.
Es nahm seine rote Kappe ab, denn ihm war heiß. Es war Sommer, die Sonne strahlte durch die freien Räume, die die Baumkronen ließen. Rotkäppchen lehnte gegen einen Baum. Es band seine Schürze ab. Ein unbändiges Bedürfnis überkam es, alles abzulegen, was es anhatte. Es wollte gern nackt dastehen und die Sonnenwärme auf seiner Haut spüren. Doch es erfüllte sich seinen Wunsch nicht, sondern wanderte stattdessen lieber als Rotkäppchen im Wald herum.
Es mochte gar nicht nach Hause gehen oder in ein Dorf. Es wollte gerne tot sein, denn immerzu konnte es ja auch nicht im Wald herumlaufen.

Rotkäppchen erinnerte sich, dass es früher mit seiner Mutter im Wald spazieren ging. Es wollte damals schon nicht aus dem Wald heraus, sondern im Dunkeln bleiben, in der Herberge des Waldes. Es fürchtete die Menschen. Es wollte weder mit ihnen sprechen, noch ihnen in die Augen schauen, noch ihnen die Hand geben und einen Knicks machen, denn sie lachten es aus, sie fanden seinen Mund zu groß, seine Zähne zu klein, seine Kleidung nicht abwechslungsreich genug, Sie lachten sogar über seinen Po, der ihnen zu dick schien. Es wollte daher ganz allein sein. Im Wald umhergehen. Es wollte nichts mehr essen, nicht mal auf die Beeren hatte es Appetit. Es wollte nichts mehr trinken. Es wollte austrocknen und aushungern und nicht mehr da sein, sterben. Aber es naschte immer wieder an den Beeren, ganz unvermutet überkam es sie doch.

Es kannte die Geschichte vom Rotkäppchen, es wusste, dass in der Geschichte der Wolf kam. Es hoffte jedoch, ihm nicht zu begegnen und glaubte es auch nicht, aber dann sehnte es sich doch nach einem Gesprächspartner, wenn es nur kein Mensch wäre, doch so eine Bärenhaut oder ein anderes Tierfell, eine Hunde- oder andere Tierschnauze würde ihm schon gefallen. Sie würden es wenigstens nicht auslachen und aufziehen. Sie konnten ja nicht sprechen und es immerfort beleidigen.

Andererseits konnte es vom Wolf gebissen oder aufgefressen werden wie in der Geschichte, deshalb wünschte es sich nicht, ihm zu begegnen. Dennoch wanderte es nach wie vor im Wald herum, weil es unter den Menschen noch schlimmer gewesen wäre. Es kam aber kein Wolf, sondern ein Wandersmann daher, der bei ihm stehen blieb und ein Gespräch anfing. Er holte seinen Tabak heraus, während er sich eine Zigarette drehte, fragte er Rotkäppchen wie es ginge. Es antwortete nicht. Es hatte auch überlegt, wegzulaufen, aber war wie angewurzelt stehen geblieben. Er lächelte und blies seinen Rauch in die Luft. „Schöner Tag heute", sagte er und sah auf zum Himmel. „Ja", erwiderte es, „warm." Es hatte also doch etwas gesagt. Es zog sich sein Jäckchen aus und

seufzte, als wenn ihm die Brust schwer wäre. Der Mann bot ihm auch eine Zigarette an. Es lehnte ab. Alt genug war es ja, aber es wollte von ihm nichts annehmen. Es wurde ihm immer heißer, deshalb nahm es sein Rotkäppchen ab, das es sich wieder aufgesetzt hatte und er sah seine schönen, schwarzen Haare. Er stellte seinen Rucksack ab. „Da ist wohl viel drin!", sagte es. Zu seinem eigenen Erstaunen hatte es schon wieder gesprochen. „Oh ja", antwortete er, „wir könnten etwas essen. Ich habe Brot und Käse dabei!" Also will er mich doch nicht fressen, dachte das Rotkäppchen, denn er hat sein Fressen im Beutel. Es erklärte sich einverstanden und breitete seine Schürze auf dem Boden aus. Besonders mochte es den heißen Tee. Ob es schon lange so im Wald herumspaziere?, fragte er. Es nickte. „Ziemlich lange", antwortete es. Es war ihm peinlich, das zuzugeben. Es wolle nicht zurück, sagte es, die Menschen seien ja so grausam. Sie machten sich über es lächerlich. Da weinte es plötzlich und der bärtige Mann reichte ihm sein Taschentuch. Ihn habe man als Kind auch gehänselt, erzählte er, weil ihm ein Zahn fehlte und seine Eltern kein Geld für einen Ersatzzahn gehabt hätten. „Das war nicht der einzige Grund", erzählte der Mann weiter, „sie lauerten mir auch auf, um mich zu verprügeln, da ich in ihren Augen ein Schwächling war. Doch das stimmte nicht, aber ich wollte an ihren Räuberspielen und Jagden nicht teilnehmen!"
Als sie gut gegessen hatten, sagte der Mann, dass er sich jetzt wieder aufmachen müsse, denn er wolle noch vor der Abenddämmerung bei seiner Frau und seinen Kindern sein. Ob sie wirklich nicht mitwolle? Es schüttelte den Kopf und sah ihm nach. Dann legte es sich schlafen, weil es sich erschöpft fühlte. Es wurde erst wach, als es etwas an seinem Körper

fühlte. Als es die Augen öffnete, sah es, dass es der Wolf war, der an ihr schnüffelte. Mit einem Satz sprang es in die Höhe. „Du brauchst dich nicht fürchten", sagte der Wolf. „Was willst du von mir?" rief das Rotkäppchen, das sich sein Käppchen wieder aufsetzte und sein Schürzchen wieder umband. „Nichts", sagte der Wolf, „ich will dich auf deinen Spaziergängen begleiten und dich schützen, denn es gibt auch Wölfe, die sind gefährlich!" „Aber wieso kannst du sprechen?", fragte es. „Nun, weil ich ein besonderer Wolf bin!" Ob ich ihm glauben soll? fragte sich das Rotkäppchen. Wenn es ihm sagen würde, er solle es in Ruhe lassen und dorthin zurückkehren, wo er hergekommen sei, würde er ihm bestimmt nicht gehorchen. Und er war allemal stärker als es selbst. Er konnte es zerreißen und töten. Also wäre es klüger, es würde ihn gewähren lassen.

Aber dann kam es doch wie im Märchen. Als Rotkäppchen sich in der Nacht schlafen gelegt hatte, fraß der Wolf es auf. Es war der gutherzige Familienvater, der die Gabe hatte, sich zu verwandeln, was er auch jetzt wieder tat. Er wischte sich noch den Mund ab und sagte laut: „Das hat geschmeckt! Das war doch ein gutes Fleisch und so jung, so zart."

Kaum hatte er sich wieder in einen Wolf verwandelt, wurde ihn der Jäger gewahr. „Schau an", sagte der Jäger, „bekomme ich dich auch einmal zu Gesicht!" Da merkte er, wie über die Maßen dick der Wolf war und ihm fiel das Märchen vom Rotkäppchen ein. „Nun, ich muss dich so oder so erlegen", sprach der Jäger zu sich selbst, sonst wär ich wohl kein Jäger. Er ließ sein Fernglas sinken und ergriff seine Flinte. Mit dem Knall sank der Wolf zu Boden. Als der Jäger zu ihm trat, kniete er nieder und schnitt ihm den Bauch auf. Tatsächlich kletterte das Rotkäppchen heraus. Es bedankte sich bei dem Jäger, der große Augen machte und es aufhalten wollte. Doch Rotkäppchen war nicht mehr zu halten, es lief aus dem Wald hinaus. Unterwegs warf es, ohne im Laufen inne zu halten, sein Rotkäppchen ab, sein Schürzchen und sein Jäckchen. Es wollte nie mehr Rotkäppchen sein und wurde es auch nicht mehr.

Die eiskalte Hand des Sängers

Es war einmal ein junger Mann, der war so schön, dass man kaum glauben konnte, dass es ein Mensch war. Seine Haut war glatt, seidenweich und von einem makellosen Braunton. Sein Haar war tiefschwarz und so waren auch seine Augen. Ein richtiges Leuchtfeuer brannte in ihnen. Dieser schöne, junge Mann war ein Sänger. Er hatte eine wunderbare, hohe Stimme, die sich wie die Stimme eines Knaben anhörte. Der junge Sänger war bei den jungen Frauen sehr beliebt, und viele versuchten, einen Blick von ihm zu erhaschen. Doch der junge Mann mied die Gesellschaft und sogar den Blickkontakt mit den jungen Damen, denn er selbst hatte Angst, eine von ihnen vielleicht so schön zu finden, dass er sich in sie verliebte. Das durfte aber nicht geschehen, denn er trug ein Geheimnis mit sich herum, von dem niemand wusste.
Es war nämlich so, dass sein Arm abkühlte, wenn ein Mensch ihm zu nahe kam. Je näher dieser Mensch kam, desto kälter wurde sein Arm. Der Hand des Armes erging es noch schlechter, sie wurde dann eisig kalt. Aber das Allerschlimmste war, dass derjenige, der so nah kam, dass er diese eiskalte Hand berührte, auf der Stelle erfror.
Viele junge Frauen, die sahen, dass er ihre Blicke nicht erwiderte, nahmen Abstand und ließen ihn in Ruhe. Aber es gab einige, die nicht nachließen, ihn zu erobern. Eine unter ihnen, die es in ihrem Liebeskummer nicht mehr aushielt, kümmerte sich um keinen Abstand und eines Tages, als sie ihm im Dunkeln begegnete, fiel sie ihm gleich um den Hals. Aber ach! Sie spürte keine warme Umarmung,

sondern eine eiskalte Hand, und sie war auf der Stelle erfroren.

Der Sänger wurde augenblicklich so unglücklich über das Schicksal, das über die junge, liebende Frau gekommen war, dass er ein Messer zog und sich den Arm abschnitt. Das Blut tropfte genau auf ihr Herz, und sie wurde wieder lebendig. Als sie jedoch sah, dass der Sänger nur noch einen Arm hatte, wollte sie ihn nicht mehr. Auch die anderen jungen Frauen wollten nun nichts mehr von ihm wissen, obwohl er immer noch so schön war und mit der hohen Stimme eines Knaben sang.

Der junge Sänger merkte wohl, dass die Blicke nachließen, dass ihm keine Aufmerksamkeit von den jungen Damen mehr zu Teil wurde. Darüber ward er traurig und der Glanz in seinen Augen erlosch, auch das Leuchtfeuer. Aber er sang nach wie vor so schön, dass sich alle Herzen berührt fühlten.

Dort aber, wo sein Arm in die Erde gefallen war, wuchs ein schöner, kräftiger Baumstamm mit einer üppigen Krone heran. Als die Zeit kam, da er Früchte trug, hingen seine Zweige voll Kirschen. Darüber freute sich der Einarmige, er ließ die Kinder in den Baum klettern und Kirschen essen.

Eines Tages kam eine junge Frau daher, sie sang ein einfaches Lied, während sie so ging. Als sie den Kirschbaum sah, ruhte sie unter ihm aus. Da meinte sie, ein Summen aus der Erde zu hören, eine Stimme, ein Lied. Jemand sang ein Lied, das hörte sie genau. Denn sie hatte ihr Ohr an die Erde gelegt. Da sie selbst so gerne sang, dachte sie, wie schade es doch ist, dass solch eine schöne Gesangsstimme begraben sei, sie machte sich daran, die Erde vor dem Kirschbaum abzutragen. Je mehr Erde sie fortgetragen hatte, desto lauter und kräftiger wurde der Gesang, und wenn es so weiterginge, würde sie bald mitsingen können, dachte sie bei sich. Endlich war sie so tief gekommen, dass sie etwas Menschliches berührte. Da sprang ein junger, singender Mann aus der Erde und klopfte sich die Erdklümpchen von seinem Körper. Dann blickte er geradewegs in die Augen der erschrockenen und entzückten, jungen Frau. „Du hast mich erlöst!", rief er froh. Vor ihr stand der Sänger mit zwei Armen. Der Einarmige aber war verschwunden. Beide Arme des Sängers blieben nun warm, auch wenn ihm jemand nahekam, sogar, wenn ihn jemand berührte. Das Mädchen aber wurde seine Frau, sie saßen noch oft beisammen unter dem Baum und sangen.

Das Schwert

Das Mädchen stand unter dem schwarzen Baum, die schwarzen Äste über ihr hingen schwer herab. Sie trug ein helles, federleichtes, ärmelloses Kleid aus Perlon mit angesetztem, in der Taille gekräuselten Rock, das die Mutter ihr genäht hatte. Das Mädchen sah zu den Ästen auf, es plagte sie ein großes Verlangen nach den weißen Blüten des Baumes, doch war er schwarz wie eh und sie verzweifelte ganz ob ihres sehnsüchtigen Begehrens. Auf einmal, ohne dass sie es geglaubt hätte, regnete es viele, weiße Blüten auf sie hinunter.
Sie ging sofort daran, einen Haarkranz daraus zu flechten, wie ihn die kleinen Mädchen anlässlich einer Hochzeit trugen, aber auch zur Kommunion.
Als sie den Kranz fertig geflochten und auf ihren Kopf gelegt hatte, ging sie langsam über den einsamen Strand hinab zum Meer.
Da sah sie, wie ein schwarzer Leichenzug entlang dem Meer vorüberzog. Die schwarz gekleideten Leute trugen einen schwarzen Sarg und viele, schwarz gekleidete Leute begleiteten ihn.
Das Mädchen erschrak, aber schloss sich dem „magischen Zug" an, denn es waren die einzigen Menschen in ihrer Umgebung. Dann ging der Zug ins Meer hinein und der Sargdeckel wurde zurückgeklappt. Innen war der Sarg aus hellem, lebendig gemasertem Holz, ein freundlich einladender, unbehandelter Holzton „sprach" sie an, als sie erstaunlicherweise wie von selbst hineinstieg. Vielleicht wurde sie auch hineingehoben, das kam auf das Gleiche hinaus, da sie keinen Widerstand leistete.

Der Sarg wurde geschlossen und hinuntergelassen. Mit der Zeit wurde das Mädchen in dem Sarg unruhig, denn sie hatte das Gefühl, als würde das Heruntergelassen werden gar kein Ende nehmen. Es ging immer weiter in die Tiefe, sie begann zu fürchten, es würde nie aufhören, unendlich tief ging es hinunter. Immer noch wurde der Sarg weiter hinuntergelassen und das Mädchen gab sich dem Gefühl der Verlorenheit hin. Es mussten endlose Jahre der Verlassenheit ins Land gegangen sein, in denen es älter geworden war, eine junge Frau. Da plötzlich endete jäh das fortwährende Hinuntersinken des Sarges, sie spürte einen heftigen Kontakt mit dem Boden. Als sie dem Sarg entstieg, befand sie sich im Inneren eines Schlosses. Sie erschrak, denn als sie es besah, war es leer und ohne eine Menschenseele, die es bewohnte, das versetzte sie in große Traurigkeit. Jedoch entdeckte sie bald eine Holztruhe, die sie öffnete, ihr entnahm sie wunderbar leuchtende, farbige Stoffbahnen aus Wildseide, sie stellte fest, dass es ein Kleid war und zog es gerne an. Dann sah sie, dass noch etwas in der Holztruhe lag, und nahm es heraus: Es war ein großes Schwert!, doch fürchtete sie sich deshalb nicht, denn es erschien ihr nicht wie ein blitzendes, blinkendes, gewaltiges Schwert aus Stahl, sondern es schien ihr eher harmlos wie aus Holz mit einem geschnitzten Griff, weshalb sie wohl auf die Idee kam, dass es ein Kreuz sein könnte und an eine Kirchentür gehörte.

So machte sie sich auf. An einem großen, dunklen Kirchenportal versuchte sie, das vermeintliche Kreuz unterzubringen, mit dem sie glaubte, die Kirchentür verschließen zu können. Aber es gehörte weder in die Waagerechte noch in die Senkrechte. Es passte dort nicht hin und war überflüssig, denn es war an der

Kirchentür alles vorhanden. Sie überlegte und sah schließlich ein, dass es kein Kreuz sondern wirklich ein Schwert war. Traurig und irritiert fühlte sie sich allein gelassen mit einem Objekt, das ihr doch fremd war und das sie doch „halten" musste. Sie spürte instinktiv, dass es eine Bedeutung hatte, deshalb durfte sie es nicht wegwerfen. In jenem Moment, als sie so nachdachte, fiel ihr ein Mann auf, der in demselben leuchtenden, farbigen, wildseidenem Stoff gekleidet war wie sie selbst, als wenn er sich aus eben derselben Truhe bedient hätte. Sie hatte nicht gesehen, ob er aus der Kirche gekommen war, jedenfalls ging er gerade die Stufen hinunter, als er sie entdeckte. Spontan ging sie auf ihn zu, als sie ihm nahe kam, sah sie, dass er einen leeren Schaft um seine Taille trug. Wie selbstverständlich hielt sie ihm das Schwert hin, zu ihrer großen Erleichterung nahm er es lächelnd wie wiedererkennend ohne Zögern entgegen und steckte es sogleich in seinen leeren Schaft. Er legte seinen Arm um ihre Schulter und sie gingen gemeinsam als Mann und Frau fort, als gehörten sie schon immer zusammen.

Die sechs Finger

Es war einmal ein dicker, grüner Frosch mit einer güldenen Königskrone auf seinem kleinen Haupt, die zählte sechs güldene Türmchen. Der Frosch war sehr stolz auf sein Krönchen, gab ihm das doch den Charme alter Zeiten.
Als die Prinzessin vorbeikam, blieb sie vor ihm stehen und rief ihm zu: "Was bist du denn für ein Frosch?! Du hast ja eine Königskrone auf dem Kopf!" „Ach ja", sprach der Frosch, „ich bin ein verwunschener Prinz und wenn du wolltest, könntest du mich wohl erlösen!" „So?", fragte da die Prinzessin, „dann sag mir doch einmal, was ich zu tun hätte, um deine Erlösung zu bewerkstelligen".
„Ja, nun", hob der Frosch an, „du müsstest der 2. Frau des Königs, meiner Stiefmutter, sechs Fingerlein abhacken, so viel Zacken wie auf meiner Krone sind."
„Uh!" rief die Prinzessin aus, „das ist ja schauderhaft! Dazu werde ich kaum in der Lage sein!" „Das habe ich mir gedacht!", sagte leise der enttäuschte Frosch und schwieg. „Aber erzähl mir doch", hob die Prinzessin nach einer Weile von neuem an, „welches denn das Motiv deiner Stiefmutter war, eine solche Schandtat an dir zu begehen!" Der Frosch räusperte sich. Dann berichtete er, dass sich die Stiefmutter vom König zurückgesetzt fühlte. „Aha!", entfuhr es der Prinzessin. „Der König, mein Vater", nahm der Frosch den Faden wieder auf, „liebte mich mehr als alles andere auf der Welt und vergaß darüber allzu oft, seine zweite Frau ebenfalls zu lieben. Am Ende war sie so verbittert, dass sie mich verwünschte.Ich weiß gar nicht mal, ob sie mich wirklich aus ihrem Herzen

heraus verwünschte, aber ihre Verwünschung ging in Erfüllung. Sie wurde auf der Stelle vom Hofe verjagt. Niemand weiß, wo sie sich aufhält."
"Das ist keine schöne Geschichte", sagte die Prinzessin und schwieg. „Nein"., bestätigte der Frosch. Schließlich meinte die Prinzessin: „Und nun findest du es gerecht, wenn die Frau sechs ihrer Finger verliert?" „Unbedingt!", gab der Frosch zur Antwort, „denn ich möchte wieder ein Prinz werden!" „Ich will meine Überlegungen anstellen", sagte die Prinzessin „und komme morgen wieder, um dir meinen Entschluss mitzuteilen". Der Frosch willigte ein.
Anderntags, als die Prinzessin zur selben Stunde wiederkam, wartete er schon auf dem warmen sonnenbeschienenen Stein. Sie setzte sich neben ihn und begann mit ihrer Rede: „Lieber Frosch", sagte sie, „ich habe mich einmal in die Lage der Frau hineinversetzt und gespürt, wie verletzend es ist, wenn man von dem Ehepartner nicht beachtet wird und dieser nur Augen und Sinn für das Kind hat. Verstehst du, was ich meine?" Da musste der Frosch eingestehen, dass er immer nur an sein eigenes Unglück gedacht hatte, daran, dass ihn niemand mehr beachtete, seit er ein Frosch geworden war. „Man fühlt sich, als wenn man tot wäre!", sagte er traurig. Nach einer Pause ergriff er wieder das Wort: „Weißt du, Prinzessin, jetzt verstehe ich sogar, dass sie mich in ihrer Wut und Verzweiflung verwünschte!" Die Prinzessin lächelte ihn an und sah auf einmal, dass er sich, während er sein Verständnis für seine Stiefmutter äußerte, veränderte. Er verwandelte sich wieder in einen Prinzen. Beide konnten es kaum glauben, dann umarmten sie sich voller Freude.
Die Prinzessin schlug jetzt vor, seine Stiefmutter zu suchen. Damit war der Prinz sofort einverstanden. Sie

brachten viel Zeit damit zu, sie schließlich ausfindig zu machen. Sie war eine Schusterin geworden. Zuerst erschrak sie, denn sie erkannte den Prinzen wohl. Aber er legte ihr versöhnlich seine Hand auf die Schulter. Vor Schreck fielen ihr die Schuhe aus den Händen. Zum König wollte sie nicht mitkommen, wie es ihr die beiden jungen Leute vorschlugen. Doch gab sie ihnen ein paar selbst gefertigte Schuhe als Geschenk für ihn mit.

Der König, der in eine tiefe Depression versunken war, nachdem er sowohl seine Frau als auch seinen Sohn verloren hatte, konnte es kaum glauben, dass wahrhaftig dieser lebendig vor ihm stand. Er belebte sich und ließ auftischen. Dann hörte er die Geschichte an, die sie zu erzählen hatten. Er besah die Schuhe und zog sie an. Sie passten ihm vortrefflich.

Bald fasste er den Entschluss, die Frau selbst aufzusuchen. Da sie ihm die Schuhe geschenkt hatte, dachte er, so könne er sie wohl auch beschenken und wählte eine Haarspange, denn er erinnerte sich an ihr schönes Haar.

Als die beiden sich wiedersahen, waren sie recht verlegen. Der König bat sie, doch wieder zurückzukommen. Er sagte ihr auch, dass er sie vermisst habe, nicht nur seinen Sohn. Die Frau stimmte unter der Bedingung zu, dass sie ihre Schusterei und Werkstatt beibehalten könne. Sie würde sehr gerne für sich selber sorgen. Für den König war es eine Überwindung, dem zuzustimmen, aber er sah wohl, dass es anders nicht gehen würde. So war er denn einverstanden und liebte sie so, wie sie war.

Es wurde ein schönes Fest gefeiert, auf dem sie alle vier in den von der Frau geschusterten Schuhen tanzten.

Das Steinkind

Es war einmal ein Vater, der hatte ein Kind, das mit viereinhalb Jahren ganz plötzlich starb. Da er sich aber von dem Kind, das er sehr geliebt hatte, nicht trennen konnte, ließ er es aus weißem Marmor nachbilden. Er verbrachte jetzt seine ganze Freizeit bei dem Kind aus Stein. Er streichelte über die glatte, kalte Oberfläche und glaubte sein Kind zu berühren. Der Mann verzichtete auf alle Feste und hielt sich auch sonst von allem gesellschaftlichen Leben fern, so eingenommen war er von seinem Steinkind. Dieser kalte, nackte Stein war alles, worauf er sein Augenmerk richtete. Er schnäuzte sich oft und hatte sogar sein Bett in das Kinderzimmer neben dem Steinkind gestellt. So verbrachte er die Nächte neben dem kalten Stein und glaubte, das gäbe ihm Wärme. Er vereinsamte, obwohl er noch ein recht junger Mann war.
Da kam eines Tages eine Frau in sein Haus und fragte, ob sie eine Weile bleiben könne. Der junge Vater war überrascht und wusste nicht gleich, was er sagen sollte. Da sprach die Frau in das Schweigen hinein: „Also gut, ich bleibe". Der Mann schickte sich und zeigte ihr ihren Schlafplatz. Am nächsten Morgen, als er die Stiegen herunterkam, zog ein angenehmer Duft in seine Nase. Er öffnete die Küchentür und sah, dass der Frühstückstisch gedeckt war und der Kaffee dampfte. Das freute ihn. Die Frau war über ein Papier gebeugt. „Was machst du?" redete er sie an. „Guten Morgen", lachte sie und sagte: „Ich lese die Zeitung". „Die Welt interessiert mich nicht!", gab er zu wissen,

„Die Leute beneiden sich, kämpfen gegeneinander bis sie sich erstechen. Alles endet in einer Blutlache!" „Nicht nur!", erwiderte die Frau, „Es gibt auch andere Neuigkeiten von den Menschen!" „So?" sagte der Mann spöttisch, „Was denn für welche?" „Nun, zum Beispiel, dass dieses Dorf 400 Jahre alt wird und bald ein Fest feiert. Der Erlös kommt kranken Kindern zu gute." „Ich besuche keine Feste!" gab der Mann kund „Die Leute betrinken sich, wissen nicht, was sie sagen und enden im Streit!" „Du ärgerst mich!", entfuhr es der Frau, „Das ist doch nur die halbe Wahrheit! Es gibt auch Leute, die lachen, singen, tanzen und fröhlich sind!" Der Mann wollte die Frau nicht gänzlich verärgern und schwieg. Nachdem er gegessen hatte, ging er an seine Arbeit. Als er am Abend aus seiner Mühle zurückkam, stand der Tisch noch immer gedeckt. „Was ist denn das?" rief er, „Das ist ja noch der Frühstückstisch!" „Aber ja!", rief die Frau zurück, „Wie soll es auch anders sein? Du hast nichts fortgeräumt heute Morgen!" Der Müller sah die Frau entgeistert an. Sie wohnte hier und erdreistete sich, das Geschirr stehen zu lassen. Die Frau erriet wohl seinen Gedanken und sagte: „Auch wenn ich eine Weile bei dir wohne, bedeutet das nicht, dass ich deshalb deine Dienerin werden muss". Der Mann sagte nichts daraufhin. Er räumte sein Frühstücksgeschirr ab, holte sich Brot und Aufstrich und aß stillschweigend für sich. Dann räusperte er sich und sprach die lesende Frau an: „Was liest du denn diesmal?" „Ein Buch „antwortete sie. „Ein Buch!", höhnte er, „Das ist doch lauter Geschwätz! Mich interessieren die Gedanken und Gefühle anderer nicht!" „Mich aber!", antwortete die Frau gereizt. Diese Frau war wirklich ganz anders als er, stellte er fest. Er deckte ab und ging in das Kinderzimmer. Das

Kind aus Stein wartete. Er war froh, es wiederzusehen. Zwischen dem Kind und ihm gab es keinerlei Unstimmigkeiten, hatte es nie gegeben, auch als es noch lebte und herumsprang. Er strich über den weißen Marmor und fuhr mit seinem Finger den Linien des kleinen Gesichts nach und dabei war ihm, als lächelte es. „Mein kleines Mädchen", sagte er wehmütig.

Aber doch ertappte er sich dabei, dass er an die Frau unten in der Wohnstube dachte. Es gingen ihm Fragen durch den Sinn, die er sich nicht getraute zu stellen, weil er meinte, dass ihm die Antworten doch zu nichts nutze seien, außer, dass sie seine Neugierde befriedigten.

Am nächsten Morgen wachte er so früh auf, dass er noch vor ihr in der Küche war. Er wusste auch nicht, was in ihn gefahren war, aber er bereitete das Frühstück wie sie es am Vortag getan hatte. Und als sie die Stiegen herabkam, zog ihr der frische Kaffeeduft in die Nase. „Oh", rief sie entzückt, „Du hast ja an mich gedacht! Ich sehe zwei Gedecke!" Der Mann nickte, das war alles. Er dachte an das Steinkind. Es war seine Gewohnheit, dass er ein zweites Gedeck hinstellte, es war für das Kind. Doch heute hatte er es für die Frau hingestellt. Er stellte fest, dass er verwirrt war. Überhaupt bemerkte er in der nächsten Zeit, dass seine Gedanken immer wieder zu der Frau zurückkehrten, ja, um sie kreisten, so dass er sogar manchmal seine Arbeit unterbrechen musste und dem Steinkind gegenüber ein schlechtes Gewissen hatte. Es kam ihm so vor, als vernachlässigte er es, und wenn er über den kalten Marmor strich, kam er ihm nicht mehr so warm vor wie früher. Je mehr er mit der Frau sprach und zusammen saß, erfasste ihn eine Unruhe. Er kannte

sich selbst nicht mehr, war aus dem Lot gekommen. Er bat das Kind für seine Zerstreuung und innere Abwesenheit um Verzeihung. Er sah, dass es darunter litt, denn der Stein schrumpfte.
Die Frau sah wohl, dass es dem Mann schlecht ging. Doch wenn sie nachfragte, wehrte er ab. Eines Tages war von dem Steinkind nur noch eine Fingerspitze vorhanden, der Mann begann zu schluchzen. Er weinte so laut und herzzerreißend, dass die Frau herbeigelaufen kam, sie dachte, dass ihm etwas zugestoßen sei. Er hatte sie nicht gehört. Erst, als sie ihre Hand auf seinen Rücken legte, fuhr er herum. Entsetzt blickte er sie an, nie war sie hier eingetreten. Nun blickte sie sich um. Sie befand sich in einem Kinderzimmer. Da sah er, dass das Steinkind für immer von ihm gegangen war, der Stein, der weiße Marmor, war ganz verschwunden. Die Frau setzte sich auf das Bett des Kindes, hielt sich die Hände vors Gesicht und weinte leise, denn sie erfasste intuitiv das Geheimnis des Mannes. Dieser sah, dass die Frau ihn verstand und legte ihr seinen Arm um die Schulter. Sie weinten gemeinsam über das tote Kind bis es wohl tiefe Nacht war.
Am nächsten Tag schlug die Frau dem Mann vor, das Grab des Kindes zu besuchen. „Das Grab!", rief der Mann, „Da bin ich seit der Beerdigung nie mehr gewesen!" Er erzählte der Frau, dass er das Kind habe in weißem Marmor nachbilden lassen, aber dass der Stein seit ihrer Anwesenheit kleiner geworden war, ja sich ganz aufgelöst hatte. „Das ist auch gut so!", antwortete die Frau und fügte bestimmt hinzu: „Wir nehmen Arbeitsgeräte mit, denn das Grab ist bestimmt verwildert, wenn du es nie besucht hast. Pflanzen wollen wir auch nicht vergessen." Als sie das Grab auf dem Friedhof gefunden hatten, mussten sie tatsächlich

erst einmal Unkraut jäten. Sie hatten den ganzen Tag zu tun, bis es ein schönes Grab war und sie dachten bei sich, dass sie oft hierher kommen würden.

Nun rückte das Dorffest näher, die Frau sagte:" Ich möchte gerne Brot backen und verkaufen, weil ich auch für die kranken Kinder spenden möchte." „Ja", sagte der Mann, „ich werde dafür das Getreide malen." Als er später der Frau zusah wie sie Brotlaibe formte, entging ihm nicht, dass sie in Windeseile in einen der Laibe ihren Ring steckte. „Was tust du?", rief er erstaunt. „Oh", sagte sie, „nichts weiter. Das ist nur für den Bräutigam". Mit diesen Worten legte sie den Laib zu den anderen. „Wie meinst du das?" fragte der Müller beunruhigt. „Kannst du das nicht erraten?", gab sie zur Antwort. „Du meinst, derjenige, der den Ring findet, soll dein Bräutigam werden?" fragte er rasch. „Genau!", war ihre kurze Antwort. „Wenn nun aber ein Kind oder eine Frau deinen Ring findet?" erkundigte er sich. „Nun dann bekommen sie als Belohnung einen Brotlaib geschenkt", erwiderte sie. Der Mann dachte nach und ihm wurde bewusst, wie viel er mit der fremden Frau geteilt hatte und fror plötzlich. Er wollte sie nicht verlieren und überlegte, wie er wohl den Brotlaib mit dem Ring finden konnte. Als das Fest da war, half er, den Stand aufzubauen und die Brote zu stapeln. Dabei fiel ein weich gebackener Brotlaib zu Boden und zerbrach, heraus kullerte ein goldener Ring, den er schnell griff, ehe es die beschäftigte Frau mitbekam. Im Laufe des Tages verkauften sie fast alle Brote und der Mann sah, dass die Frau bekümmert aussah. Der Abend nahte, keiner war gekommen und hatte ihr den Ring gebracht. Als das letzte Brot verkauft war, kullerten dicke Tränen aus ihren Augen. Da nahm er ihre Hände und sagte: „Ich habe etwas für dich!" Erstaunt sah sie ihn an. Da holte er den Ring hervor und streifte ihn ihr über. „Du!", rief sie ungläubig und strahlte. „Ja!", antwortete er „Ich!". Sie fielen sich um den Hals und waren glücklich. Das erwirtschaftete Geld spendeten sie den kranken Kindern. Es war schon spät, aber sie feierten mit den Dörflern ihre Hochzeit.

Der goldene Taler

Es war einmal eine alte Frau, die war bettlägerig. Sie konnte sich nicht mehr aus ihrem Bett erheben. Bewegungslos starrte sie an die Decke. Da erblickte sie auf einmal einen hellen Stern, der sich öffnete wie ein Fenster. Die alte, fast schon leblose Frau sah in dem Stern ein kleines Mädchen in einem hellen Kleidchen mit einem geflochtenen Blumenkranz im Haar. Sein Blick war gen Boden gesenkt, denn es suchte etwas, das es verloren hatte und weshalb es recht unglücklich war. Es getraute sich nicht, zu seinen Eltern zurückzukehren, bevor es den goldgelben, verlorenen Taler nicht gefunden hätte, denn die Eltern waren sehr streng und würden ihm nicht glauben, sondern annehmen, es lüge und dass es in Wahrheit den Taler für eine Süßigkeit ausgegeben hätte. Die Taler waren für die Eltern sehr wichtig, wenn jemand keinen Taler hatte, konnte er nicht in der Familie bleiben und auf freundliche Fürsorge hoffen. Deshalb ging das Mädchen nicht nach Hause, obwohl es schon Abend war.
Es entfernte sich bei seiner Suche immer mehr vom Elternhaus und kam in einen tiefen Wald hinein. Es hatte kein Mäntelchen bei sich, um sich vor der Kälte zu schützen. Als die Schneeflocken zu treiben begannen, war es recht ermüdet und dachte, es wird wohl nichts ausmachen, wenn ich mich einen Moment hinlege. Es schlief sofort ein. Das Treiben der Schneeflocken ließ aber nicht nach und so war es bald von weißen Flocken bedeckt. Es merkte nicht, dass heimlich der Frost kam und es zufror.

Da kam geradewegs ein Wolf daher, der sich sagte, ei, was liegt da Feines und schnüffelte an dem eiskalten Mädchen. Nun, lange kann es noch nicht her sein, sagte er sich, dass die Kleine vom Schneetreiben und Frost überrascht wurde, ich möchte ihr doch helfen!

Er lief in das Dorf und zupfte solange an das Hosenbein eines Hausherrn, bis dieser ihm folgte. Doch als er das kleine, erfrorene Mädchen sah, dachte er bei sich, was soll ich mit einem erfrorenem Mädchen, denn er erkannte seine Tochter, die wohl zur Strafe erfroren war, und er ging wieder fort. Seine Frau, die Mutter der Tochter, meinte, er habe recht getan, so ein ungezogenes Mädchen nicht nach Hause zu bringen und zum Leben zu erwecken. Sicher war es nicht zu ihnen zurückgekehrt, weil es seinen Taler vertan hatte.

Der gute Wolf war nun recht verzweifelt und wollte das kleine Geschöpf nicht sich selbst überlassen. Er suchte, wie er den kleinen Körper am besten fassen konnte und zog ihn wie einen Schlitten den weiten Weg hinter sich her bis zu seinem zu Hause, das er mit unzähligen anderen Wölfen teilte. Sie freuten sich bereits, dass er ihnen eine Beute ins Haus trieb, aber er verbot ihnen, den kleinen Körper anzurühren und erzählte ihnen, was sich zugetragen hatte.

Durch die Wärme in der Hütte, erholte sich das Mädchen, denn es war nicht tot, sondern in eine tiefe Bewusstlosigkeit gefallen. Zunächst fürchtete es sich vor den Wölfen, aber als es merkte, dass sie ihm wohlgesonnen waren, blieb es. Besonders lieb wurde ihm der Wolf, der es hierher gebracht hatte und es sich zur Aufgabe machte, dass es wuchs und gedieh. So wurde das Mädchen größer und liebte seine Beschützer und Beschützerinnen.

Manchmal war es recht melancholisch und versunken in seiner Trauer, denn es war ja doch ein Menschenkind unter Wölfen und sehnte sich nach der menschlichen Sprache. Der Wolf war sehr bedacht und konnte sich in das heranwachsende Mädchen wohl hinein fühlen. So kam es, dass er in der Stadt auf die Suche nach Büchern ging. Er brachte ihm allerhand Menschengeschichten, und es liebte die Bücher, die er ihm brachte. Er legte auch einen Stapel Papier vor es und Stifte, denn er dachte bei sich, das könne einem Menschenkind ja nicht schaden. Es streichelte ihn liebevoll aus Dankbarkeit und weil es ihn gerne mochte.

Das Mädchen entwickelte die Fähigkeit, dem Wolf von den Geschichten Mitteilung zu machen. Da es so manches Mal gar so betrübt war, bat er es, ihm seine persönliche Geschichte anzuvertrauen, denn er glaubte, für es noch mehr tun zu können, als es bisher geschehen war. Da hörte er nun die Geschichte vom Taler. Er befragte es, wie denn ihr Taler ausgesehen habe und vernahm, dass ein Frauenkopf darauf abgebildet war. Nun machte sich der Wolf auf und suchte nach dem verlorenen, goldenen Taler. Bald hatte seine Suche Erfolg und er brachte der jungen Frau, zu der das Mädchen mittlerweile herangewachsen war, einen Taler,so rund und golden wie alle Taler.

Sie nahm den Taler freudig entgegen. Als sie ihn in die Höhe hielt, um ihn genauer zu betrachten, da sah sie eine Prinzessin darinnen, denn der gute Wolf hatte ihr keinen Taler gebracht, wie sich herausstellte, sondern einen Spiegel, der auf der Rückseite einem Taler glich. Sie erfreute sich an dem Bild einer lebendigen Prinzessin, der es gut ging, denn sie lächelte und war offensichtlich guter Dinge, kein

Harm war an ihr zu entdecken. Sie führte wohl ein erfreuliches Dasein.

Was für ein seltsamer Spiegel! dachte die junge Frau. In der nächsten Zeit begann sie immer häufiger, sich nach menschlichem Kontakt zu sehnen und eines Tages beschloss sie, sich unter den Menschen eine Arbeit zu suchen, denn sie hatte jetzt das Alter. Aber sie wurde von allen Türen abgewiesen, da sie im Vergleich zu den Bürgern zerlumpt und verwildert aussah. Wie sie es überhaupt wagen könne, wurde ihr zornig gedroht, in ihrem Aufzug an eine bürgerliche, anständige Tür zu klopfen!

Sie kehrte traurig zurück. Doch in der letzten Familie, die sie davongejagt hatte, stand hinter den Eltern ein junger Mann, der auf ihre zerlumpte, schäbige Kleidung wenig acht gab, dafür aber sich in ihre sanften Gesichtszüge verliebte. In ihren Augen hatte er Kummer gesehen und als ihr die Tür vor der Nase zugeschlagen wurde, dachte er bei sich, dass er ihr wohl heimlich folgen wollte, um zu sehen, wohin ihr Weg führte. So kam er in den Wald und sprach sie an.

Die junge Frau erschrak heftig, als sie plötzlich eine menschliche Stimme neben sich hörte, aber als sie ihn sah, lächelte sie, denn sie erkannte ihn, hatte er doch hinter seinen Eltern stehend, seinen Kopf gereckt, um sie sehen zu können. Er entschuldigte sich sogleich für seine elenden Eltern, die nur die goldenen Taler im Sinn hätten und keinen Menschen achteten, der nicht wenigstens einen Taler hätte. „Ja ja", sagte die junge Frau, „das kenne ich von ihren Eltern, sie waren auch so und haben mich deswegen nicht geliebt".

Unterdessen waren sie in ihrer Unterkunft angekommen, in der die Wölfe sie stürmisch begrüßten und an ihr hochsprangen. Der junge Mann blieb abseits, denn er fürchtete sich, doch die junge

Frau lachte und machte ihn mit allen ihren Wölfen bekannt und besonders mit ihrem engsten Vertrauten.

Nun kam der junge Mann so oft es ihm sein Studium erlaubte, denn sie hatten sich herzlich lieb gewonnen. Eines Tages brachte er ihr Kleider mit, die er im Keller der Elternwohnung aus einem Altkleiderstapel herausgenommen hatte. Sie hatten seiner Schwester gehört, die längst das Haus verlassen hatte. Das erleichterte die Stellensuche der jungen Frau erheblich. Aber dann blieb der junge Mann eine Zeitlang fern und die junge Frau sorgte sich.

Da nahm sie ihr Spieglein zur Hand und hielt es in die Höhe dem Himmelslicht entgegen. Sie erschrak, denn sie sah ihren treuen, jungen Mann schwer erkrankt das Bett hüten. Sofort dachte sie an die Kräuter, die sie an sich und an den Wölfen erprobt hatte, wenn sie krank waren. Sie stellte also eine Medizin zusammen und schüttelte das Fläschchen kräftig. Wie gut, dass sie nun Kleidung hatte, die den Eltern gefallen würde. Sogleich machte sie sich auf den Weg, natürlich in Begleitung ihres treuen Wolfs, dem der lange Weg in seinem Alter schon etwas beschwerlich war. Die Mutter öffnete die Haustür und die junge Frau hielt ihr die Medizinflasche hin. „Ich bitte Sie, geben Sie diese Medizin ihrem Sohn! Sagen Sie ihm, seine Freundin habe sie ihm gebracht und grüßen Sie ihn recht herzlich!" Und schon war die junge Frau wieder fort.

Die Mutter schüttelte den Kopf und sagte halblaut zu sich: Ich wusste ja gar nicht, dass er eine Freundin hat! Und noch auf demselben Fleck stehend, dachte sie, dass ihr die junge Frau bekannt vorkäme und auch ihr Kleid schien sie schon einmal gesehen zu haben. Dann wischte sie die Gedanken fort und ging zu ihrem Sohn, der durch die Medizin ihrer Hausärzte noch immer nicht gesundet war, weshalb sie sich in größte

Sorgen gestürzt hatte. Warum also nicht diese Medizin ausprobieren?

Wieder in ihrem Wald, hatte die junge Frau Lust, einmal einen weiten Spaziergang zu unternehmen über die Grenzen der Wolfsheimat hinaus. „Das ist gefährlich!", teilte ihr der Wolf auf seine Weise mit, die Jäger sind unterwegs und suchen Beute! „Nur einmal", bat die junge Frau, „ich halte auch vortrefflich Ausschau, ob ein Jäger in der Nähe ist." Also gut, gab der Wolf nach, wer weiß wie lange ich dir noch einen Gefallen tun kann. Da freute sich die junge Frau und sie gingen gleich los, den letzten Satz des Wolfes wollte sie aber gar nicht gehört haben und verscheuchte ihn aus ihrem Kopf. Es wurde ein schöner und langer Spaziergang. Doch da schrie sie plötzlich: „Halt!!!" Sie sah den Lauf eines Gewehres auf den Wolf gerichtet. Schnell sprang sie vor ihn und verdeckte ihn. Lieber soll die Kugel mich treffen, dachte sie, aber der Jäger ließ das Gewehr sinken und kam auf sie zu. „Was soll denn das?!" schimpfte er. „Er ist mein bester Freund!", erklärte die junge Frau. „Und für mich wäre er die beste Beute gewesen!", schnauzte der Jäger sie an. „Ein Freund ist mit nichts aufzuwiegen!" fuhr die junge Frau unbeirrbar fort. Sie sprach eindringlich und beschwichtigend, dabei kraulte sie das weiche Fell ihres Freundes, um gleich darauf mit ihm fortzugehen und den Jäger sprachlos stehen zu lassen. „Ich hätte die Macht, dich zu erschießen!", rief er ihr hinterher. Die junge Frau dachte zwar nicht, dass er es wirklich täte, aber ihren Schritt beschleunigte sie dennoch. „Undankbares, junges Volk!" brummelte der Jäger und ging verärgert fort.

Nachdem sie eine Weile schweigend gegangen waren, hob der Wolf an, ihr etwas mitzuteilen, was ihm schon lange auf der Seele lag. „Nur heraus damit!", sagte sie, „du weißt doch, dass du mir alles anvertrauen kannst!" „Meine Tage sind gezählt!", gab der Wolf da frank und frei heraus zu. Vor Schreck blieb die junge Frauen stehen, kniete nieder und umarmte ihn: „So etwas darfst du nicht sagen, guter Wolf!" „Aber, mein Kind, es ist doch die Wahrheit, die musst du ertragen!" ließ der Wolf mit allem Ernst verlauten. Da weinte die junge Frau bitterlich und er ließ sie gewähren. Als sie ihren Schmerz heraus geweint und sich beruhigt hatte, setzten sie ihren Weg fort.

Zurückgekehrt nahm sie sich von dem Stapel Papier und bat den Wolf, vor ihr still zu sitzen, denn sie wolle ihn doch wenigstens in seinen letzten Tagen zeichnen. Der Wolf lächelte und setzte sich. Sie hatte von ihm ja schon viele Bilder gezeichnet, ja von der ganzen Wolfswelt, er freute sich, dass jetzt noch ein letztes Portrait hinzukam, das ihm, als es fertig war, ausnehmend gut gefiel. Da kam plötzlich der junge Mann herein. Er war ganz begeistert von ihrer Arbeit. Sie erzählte ihm daraufhin, dass sie vorhabe, ein Wolfsbuch herauszugeben, denn sie habe alles über das Leben der Wölfe aufgeschrieben, natürlich sollten die Zeichnungen von allen ihren Wölfen mit hinein und sie wusste schon, dass der geliebteste unter den Wölfen auf dem Titelbild prangen sollte. Als sie diesen streicheln wollte, sah sie, dass er hinausgegangen war.

Nun übergab ihr der junge Mann ein Geschenk seiner Mutter, die sich doch dankbar für die Medizin, die ihre heilende Wirkung getan hatte, zeigen wollte. Es war eine schöne Halskette, über die sich die junge Frau freute. Da entdeckte ihr Freund den vermeintlichen Taler und hob ihn auf. „Das ist ja ein Spiegel!", rief er erstaunt aus. „Aber ja", antwortete sie, „lass uns beide einmal gleichzeitig hineinschauen!" Das taten sie. Wie überrascht waren sie, als sie einen Prinzen und eine Prinzessin im Spiegelbild sahen, die sich recht lieb hatten und ihre Hochzeit feierten. Da ließ die junge Frau den Spiegel sinken und sagte zu ihrem Liebsten: „Du bist mein Prinz!" Der junge Mann nahm ihre Hand und erwiderte: „Und du bist meine Prinzessin!" Daraufhin lachten sie herzlich und tanzten ausgelassen herum. Als er am Abend fortgegangen war, stupste der alte Wolf die angelehnte Tür auf: „Prinzessin, es ist soweit!" Sie hörte gar nicht, dass der Wolf sie Prinzessin genannt hatte, sondern war ganz ergriffen. „Versprich mir, dass du dich um meine Brüder und Schwestern kümmerst und darüber hinaus für unsere Arterhaltung sorgst!" „Das versteht sich von selbst!" versicherte sie dem Wolf und hielt ihn weinend umklammert. Aber er löste sich sanft aus ihrer Umarmung und tat seinen letzten Atemzug.

In diesem Moment schloss der Stern sein Fenster. Die alte, bettlägerige Frau beobachtete, dass er seine Helligkeit verlor und ganz dunkel wurde bis er am Firmament nicht mehr zu erkennen war. Eine dunkle Wüste war der Himmel, geheimnisvoll, still und dunkel. Lächelnd schlief die alte Frau ein. Nach einer Weile ging die Tür auf und ihr Gefährte, selbst alt und gebrechlich, schlurfte zu ihrem Bett. Er sah, dass sie gestorben war und strich über ihre Augenlider, damit sie die Augen der Frau bedeckten. Er küsste sie auf die Stirn und hielt ihre Hand bis sie kalt geworden war. Dann faltete er ihre Hände. Nachdem er eine Zeitlang versunken an ihrem Bett gesessen hatte, hob er ein Buch vom Boden auf, das ihr bei ihrer letzten Bewegung von ihrem Bett heruntergefallen sein musste. Es war „Das Buch der Wölfe". Liebevoll strich der alte Mann über den Buchdeckel, als berühre er den Wolf selbst, der auf dem Titelblatt abgebildet war, fein gezeichnet von seiner dahingegangenen Frau. Vielleicht wird sie ihn nun wiedersehen, dachte er und ich vielleicht auch bald, wenn es mit mir soweit ist.

Der verzauberte Vogel

Es war einmal ein Vogel, der von allen anderen Vögeln gemieden wurde, weil er die Vogelsprache nicht beherrschte. Nicht einen Vogelpiepston konnte er hervorbringen, das war unerhört, fanden die Vögel und flogen fort. Sie ließen ihn allein auf einem Ast sitzen. Lange genug hatten sie versucht, ihm einen schönen Vogelgesang zu entlocken. Vergeblich war ihre Mühe gewesen. Zu alledem konnte er nur recht und schlecht fliegen. Der Vogel selbst hatte Nachsehen mit den verärgerten Vögeln, die ihn verließen. Wie sollten sie auch wissen, dass er ein verzauberter Vogel war. Eine böse Hexe hatte ihn, den Prinzen von der grünen Insel, in einen Vogel verwandelt und in ein fremdes Land gebracht. Wie sollten die Vögel ahnen, dass er ein Mensch war und ihre Sprache weder verstand noch sprechen konnte. Er war ein trauriger Vogel und war am liebsten für sich allein. Doch nicht immer. Denn er hatte einen Stammplatz bei der Prinzessin dieses Landes auf der Fensterbank. Dort ließ er sich in stets derselben Ecke nieder. Ein schöner Platz, fand er, denn er konnte die Prinzessin in ihrem Zimmer beobachten, und er fühlte sich auf seinem Eckplatz geschützt. Die Prinzessin hatte ihn gleich am ersten Tag seiner Ankunft wahrgenommen. Sie war ans Fenster getreten und beobachtete den fremden Zaungast ihrerseits. So ging das alle Tage. Sie trat ans Fenster, um ihn anzuschauen. Wenn er nicht an seinem Platze war, erwartete sie ihn mit Ungeduld. Erst, wenn er erschien, kehrte Ruhe in ihr Herz ein. So sehr hatte sie sich an ihn gewöhnt. Es war ja nicht beim Anschauen geblieben, sie erzählte ihm indessen ihre Sorgen. Bei diesen Gelegenheiten war das Fenster stets einen Spalt geöffnet. Sie bildete sich wohl ein, dass er sie verstünde.

Eines Tages vergaß die Prinzessin, als sie das Zimmer verließ, das Fenster zu schließen. Ein Windstoß stieß es auf und was tat der Vogel? Er hüpfte hinein. Er sah sich um und flog zu den Büchern. Wollte er doch mal sehen, welche Bücher sie so las. Er versuchte gerade den Titel auf einem Buchrücken zu entziffern, als die Prinzessin plötzlich eintrat. Ach du Schreck! Dass sie so schnell wiederkehren würde, hätte er nicht gedacht. Was sollte er nur machen? „Aha, ich habe Besuch", sagte die Prinzessin und freute sich über die Gesellschaft. Sie erzählte ihm ihre Erlebnisse des Tages ganz und gar, als wäre er ein Mensch. Sehr einsam war sie, die Prinzessin. Von nun an ließ sie ihr Fenster immer geöffnet. Der Vogel nahm die Einladung gerne an und besuchte sie jeden Tag in ihrem Zimmer.

Die Prinzessin gewöhnte sich so sehr an ihren Freund, dass sie ihn nicht mehr missen wollte. Bisweilen beschlich sie die Angst, er könnte ihr davonfliegen. „Oh weh", sagte sie leise, „das soll nicht passieren." Da hatte sie einen Einfall. Am nächsten Tag fand der Vogel einen wunderschönen Vogelbauer in ihrem Zimmer vor. Das Türchen war geöffnet, und da er neugierig war, wie man sich darinnen fühlte, flog er hinein. Aber schwupp wurde die Tür hinter ihm geschlossen, er konnte nicht mehr hinaus. Da ward er sehr traurig. Niemals hätte er gedacht, dass die Prinzessin ihn einsperren würde. Dass es ein schöner

Käfig war und die Gitterstäbe aus Gold änderten nichts an seiner Gefangenschaft. Jetzt war er jedem, der mit ihm sein böses Spiel treiben wollte, ausgeliefert. Vordem konnte er immerhin noch fortfliegen. „Reicht es denn nicht, dass ich ein verwunschener Prinz bin? Muss ich denn auch noch in einem Vogelbauer gefangen sein?", klagte er. Nun, die Prinzessin hatte ja keine Ahnung, was in ihm vorging. Sie erzählte ihm nach wie vor, was sie sich von ihrem Herzen reden wollte. Nur, dass der Vogel ihr nicht mehr so aufmerksam schien, bekümmerte sie ein wenig. „Ich gebe ihm doch sein Vogelfutter!", dachte sie „Was hat er nur?!" Ja, er ließ den Kopf hängen. Eines Tages verschaffte sich die kleine Schwester der Prinzessin heimlich Einlass in ihr Gemach. Sie staunte nicht schlecht, als sie den Vogel in dem goldenen Käfig sah, sie wurde gewahr, dass er sehr traurig darinnen saß. Sie dachte: „Wie kann meine Schwester nur so grausam sein und einen Vogel, der die Freiheit liebt, einschließen! Das geht doch nicht! Wie eng ist es nur darinnen. Er kann sich ja gerade mal um sich selbst drehen!" „Armer Vogel!", sagte sie laut, „Ich werde dir helfen!" Sie öffnete die Käfigtür, das Zimmerfenster und der Vogel flog hinaus. Dann verschwand sie selbst so schnell es ihr möglich war.

Als die Prinzessin wiederkam und den Vogel nicht mehr vorfand an seinem Platz, verzweifelte sie, denn sie hatte ihn liebgewonnen. Sie machte es sich umgehend zur Aufgabe, ihn wiederzufinden. Sie gürtete sich, zog Hosen an und ritt aus. „Vöglein, Vöglein, wo bist du? Komm zurück! Ich will dich auch nie mehr einsperren!" Immer wieder rief die Prinzessin klagend nach dem Vöglein, wo sie auch hinkam. Oft sah sie Vögel in den Bäumen und

Sträuchern sitzen, aber wie sollte sie wissen, welcher jener war, den sie suchte, und wie sollte sie es anstellen, ihn zurückzugewinnen? Sie war recht verzweifelt. Ihre klagenden Rufe wurden immer leiser. „Geliebter, guter Vogel", sagte sie, „Ich habe mich so sehr an deine Gesellschaft gewöhnt, dass ich dich nicht missen mag." Doch der Vogel kam nicht zu ihr, und sie kehrte jeden Abend ohne ihren geliebten Vogel zurück. „Wo er nur ist?!" fragte sie sich, „Wie es ihm wohl geht?!" „Es wird ihm wohl besser gehen, als bei mir", gab sie sich zur Antwort, „sonst wäre er wohl schon zu mir zurückgekommen." "Wenn ihm nur nichts passiert ist!", dachte sie und seufzte.

Da traf sie am nächsten Tag einen Jäger. Er hielt sein Gewehr in die Luft, als sie sah, worauf er es gerichtet hatte, lief sie schnell herbei und schlug ihm das Gewehr aus der Hand. „Aber Prinzessin!" empörte er sich „Was haben Sie getan?!" „Das wäre eine schöne Beute gewesen!" „Vielleicht war es der Vogel, den ich suche", erwiderte die Prinzessin, „genauso sah er aus! Ich musste ihn schützen!" „Gutes Kind", sagte der Jäger, „ Solche Vögel gibt es viele, wie willst du ihn da herausfinden?" „Das weiß ich nicht", antwortete die Prinzessin, „aber ich verbiete Ihnen, auch nur einen einzigen Vogel abzuschießen! Und ein „gutes Kind" bin ich auch nicht!" Mit diesen Worten drehte die Prinzessin sich um und ging. Der Jäger blieb sprachlos zurück.

„Mein Vögelchen ist in Gefahr", dachte die Prinzessin, und sie hatte recht. Denn sie traf in der Woche darauf drei Jungen, die einen eingefangenen Vogel davontrugen. „Was wollt ihr mit dem Vogel?" fragte die Prinzessin. „Na, das ist doch klar", antwortete einer der Jungen, „wir wollen ihn schlachten!" „Oh nein!", rief die Prinzessin. Zwar wusste sie nicht, ob es sich um den Vogel handelte, den sie suchte, aber möglich war es. „Was muss ich euch geben, damit ihr ihn frei lasst?", sprach sie zu den Jungen. Die waren höchst erstaunt und sahen sich zunächst ratlos an. Aber dann sagte einer: „Gib mir deinen goldbestickten Gürtel!" Die Prinzessin löste daraufhin sofort ihren Gürtel und gab ihn dem Jungen, Durch diesen Handel ermutigt bat der nächste Junge: „Gib mir deine goldene Haarspange!" Auch diesen Wunsch erfüllte die Prinzessin auf der Stelle. Nun hatte es der dritte Junge nicht mehr schwer und er brachte vor, was er begehrte: „Gib mir deinen goldenen Ring!" Die Prinzessin erschrak, denn diesen Ring liebte sie über alles, sie trug ihn, solange sie zurückdenken konnte. Er war mit ihrem Finger mitgewachsen. Bekam sie ihn überhaupt abgezogen? „Es ist ja nur ein Ring", sagte sie tröstend zu sich selbst, „die Freiheit des Vogels ist mir wichtiger." Als sie so sprach, war sie auch schon dabei, den Ring abzustreifen. Sie reichte ihn dem dritten Jungen, der sich freute. Alle drei dankten der Prinzessin und ließen den Vogel fliegen. Der erhob sich in die Lüfte, höher und höher. Die Prinzessin blickte ihm nach. Sie blickte auch noch nach oben in den Himmel, als er schon lange nicht mehr zu sehen war. Dann ritt sie freudig, wenn auch zugleich traurig, heimwärts, denn sie hatte das gute Gefühl, für ihren Freund etwas getan zu haben.

Nun hatte es sich in den letzten Monaten unter den Einwohnern des Landes herumgesprochen, dass die Prinzessin ihren geliebten Vogel vermisste und um seinen Verlust trauerte. Niemand wollte, dass die Prinzessin vor Kummer zugrunde ging und viele mühten sich, den Vogel zu finden und ihr zurückzubringen. Herbstzeit war schon angebrochen, da brachte man ihr einen Vogelbauer mit einem Tuch zugedeckt. „Was soll das bedeuten?!" fragte die Prinzessin die Männer. „Wir glauben, dass wir deinen Vogel gefunden haben,!" erwiderte stolz einer von ihnen. „Lasst sehen!", sagte die Prinzessin. Jemand nahm das Tuch ab und tatsächlich saß in ihrem alten goldenen Vogelkäfig ein Vogel, ganz so wie sie ihn das letzte Mal in ihrem Zimmer, in ihrem Käfig gesehen hatte. Da fing die Prinzessin an zu weinen. Sie schluchzte laut und konnte sich für eine Weile nicht beruhigen trotz der guten Worte, die man für sie hatte. Schließlich hatte sie ihren letzten Seufzer getan und sagte: „Nein, so geht das nicht. Ich will keinen eingefangenen Vogel! Lasst ihn frei!" Ein Mann öffnete daraufhin die Tür des Vogelbauers und der Vogel flog auf den Bücherschrank. „Der Vogel, den ich suche", fuhr die traurige Prinzessin fort, "wird freiwillig zu mir fliegen oder ich werde ihn nie wiedersehen!" In diesem Moment flog der Vogel zu Füßen der Prinzessin und begann sich aufzuplustern. Dabei wurde er immer größer. Er wurde so groß wie sie und noch ein bisschen größer, dann warf er seine Federn ab und vor ihr stand ein schöner, junger Mann. „Prinzessin", sagte er, „du hast mir dreimal die Freiheit gegeben. Ich bin der verwunschene Prinz der grünen Insel. Ich kehre zu dir zurück, weil du mich lieb hast. Du willst mich nicht besitzen und einsperren, das habe ich gemerkt, deshalb will ich freiwillig bei dir bleiben, und wenn du willst, feiern wir Hochzeit!" Da verlor die Prinzessin alle Traurigkeit und feierte glücklich mit dem Prinzen ihre Hochzeit.

Von Gesichtern verfolgt

Es war einmal ein Mann, der sich von den Menschen verfolgt fühlte und deshalb zurückgezogen lebte. Doch verfolgten und bedrohten ihn die Gesichter auch in seiner zurückgezogenen Lebensweise, denn er musste doch die notwendigsten Dinge erledigen und begegnete ihnen an allerlei Orten. Deshalb beschloss er, in den Wald zu ziehen.
Seine Frau war wenig begeistert, zog aber ihm zuliebe mit, vielleicht würden sich ja seine Verfolgungsängste beruhigen, so dachte und hoffte sie. Aber der Ort wurde kein Ort der Erholung und Gesundung, sondern selbst in der tiefsten Einsamkeit, schreckte er bei einem Geräusch auf und drehte sich um. Seine Unruhe nahm Ausmaße an, die die Frau ängstigten. Sie begrüßte daher ihre Schwangerschaft und stellte sich vor, dass ein Kind seine Aufmerksamkeit fordern würde und er dadurch von seiner Furcht loskam. Doch hatte die Frau sich getäuscht, die Furcht des Mannes ließ in nichts nach. Er hatte den Knaben sehr lieb, das sah sie wohl, doch seine Krankheit legte sich nicht. Manchmal gab es Tage, da sprang er von Baum zu Baum und versteckte sich hinter den Stämmen. Er konnte sich tagelang in einer Höhle verstecken oder Tag und Nacht in einer dichten Baumkrone verdeckt sitzen. Meistens wich er der Sonne aus und selten ging er mit seinem Sohn baden. Da war die Frau es leid. Als sie merkte, dass auch sie begonnen hatte, zusammenzuzucken, wenn es raschelte und dass sie dieselben Zuckungen bei ihrem zweijährigen Sohn wahrnahm, packte sie ihr Bündel zusammen und

verließ ihren Mann, der laut aufschrie, als hätte ihn ein furchtbarer Schmerz getroffen. Doch die Frau schaute nicht zurück, sie wollte sich und ihr Kind retten, das an ihrer Hand neben ihr herging und weinte. Es schaute zurück, aber der Vater hatte sich schon versteckt, es sah niemanden. So verließen sie den Wald und kamen in die Stadt zurück. Indessen hatte der Vater sich aus Verzweiflung seine Augen ausgestochen und seine Zunge abgeschnitten.

Als nun viele Jahre vergangen waren, hatte der Junge den Wunsch, seinen Vater wiederzusehen. Die Mutter mochte den Eigensinn des Jungen nicht bekehren, und so wanderte er eines Tages mit allerlei Proviant in den Wald hinein. Er fand seinen Vater, der sich mächtig erschrak und sagte ihm, dass er sein Sohn sei und wenn er es erlaube, wolle er ihn recht häufig besuchen. Da lächelte der Vater.

Der Junge war sehr betrübt über das Schicksal des Vaters und sehnte sich danach, dass es ihm besser ginge. Er erzählte seiner Mutter von seinem Kummer. Auch sie erschrak, als sie erfuhr, was er sich angetan hatte.

Sie besuchte ihn eines Tages mit ihrem Sohn zusammen, sie nahmen allerlei Gebäck und Essen und Trinken mit. Er sah sehr verwildert aus, die Frau mochte ihn ungern ansehen, aber doch war ihr Mitleid viel größer, und sie bereute ihren Schritt, dass sie ihn alleine gelassen hatte. Das sagte sie ihm jedoch nicht. Denn sie hätte doch nicht vermocht, auf Dauer in der tiefen Einsamkeit des Waldes auszuharren.

Sie besuchte ihn jetzt häufiger, doch zumeist war es der Junge, der zu ihm ging. Auch gefiel es ihm im Wald ganz gut. Einmal, wie er für sich so spielte und von des Vaters Hütte sich entfernt hatte, traf er auf ein erschöpftes Reh, das darnieder lag. Schnell holte der

Junge frisches Quellwasser vom nahe gelegenen Bach und half dem Rehlein davon zu trinken. Er gab ihm auch von seinem eigenen Essen und machte ihm ein weiches Lager, so dass das Rehlein sich wieder erholte. Es war dem Jungen sehr dankbar für seine Pflege und gab ihm drei Wünsche frei.

Da überlegte er nicht lange, sondern sagte, er wünsche sich, dass seinem Vater die Angst vor den Menschen genommen würde, dass er neue Augen bekäme und eine neue Zunge.

Die Wünsche wurden dem Jungen erfüllt und als er zu seinem Vater kam, sah er, dass dieser wieder Augen hatte, aus denen er ihn anlächelte. „Ich freue mich, mein Sohn", sagte er, „dass du wieder da bist. Ich habe mir schon Sorgen gemacht, weil du solange weggeblieben bist!" „Vater, du kannst wieder sehen!", rief der Junge hoch erfreut „und du sprichst! Ach, das ist schön!" „Ja", erwiderte der Vater, „ein Wunder ist geschehen!" „Ja!", sagte der Junge lächelnd und dachte, „das liebe Rehlein hat sein Versprechen gehalten!" „Weißt du was!", sagte der Vater freundlich, „Übermorgen will ich einmal mit dir gehen und deine Mutter besuchen!" Da sprang der Junge vor Freude auf und schlang seine Arme um den Hals des Vaters. „Aber warum erst übermorgen?", fragte er. „Nun", antwortete der Vater, „ich will mir erst die Haare etwas abschneiden und du musst mir eine Schere und etwas zum Anziehen auftreiben, etwas, das man heutzutage trägt, damit sich deine Mutter nicht schämen muss!" „Klar", sagte der Junge, „ich werde schon ein paar Sachen auftreiben!" Und so trennten sie sich.

Zu Hause bat der Junge um abgelegte Kleidungstücke, auch zu Verwandten ging er deshalb, er wolle einmal einen Erwachsenen spielen, gab er vor. Er bekam genug zusammen, sein Vater würde sich sogar etwas aussuchen können. Dieser war ihm am verabredeten Tag schon ein Stück entgegen gekommen und freute sich über die Kleidungsstücke, die Pflegemittel, das Rasierzeug und die Schere. „Du hast wirklich an alles gedacht!", sagte er und während er sich umzog und fertig machte, scherzten und lachten sie.

Dann war es soweit, sie machten sich auf den Weg. Der Junge erzählte dem Vater, dass er einmal Förster werden wolle, jemand, der sich um die Tiere im Wald kümmere. „Das ist ein schöner Beruf!", sagte der Vater und fragte ihn, wie er denn auf diesen Beruf käme? Da erzählte ihm der Junge sein Erlebnis. Der Vater blieb vor Rührung stehen und küsste ihn auf sein Haar. „Das Reh wird sich über deine Berufswahl freuen!", sagte er, „Du musst es mir einmal zeigen, damit ich ihm danken kann!" „Oh ja!", jubelte der Junge, „Am besten gleich Morgen!" Doch brauchten sie gar nicht auf Morgen zu warten, denn fast schon am Ausgang des Waldes, sah der Junge plötzlich das Rehlein vorbeispringen. „Rehlein!", rief er, „Halt! Mein Vater will dir danken!" Da blieb das Reh stehen und wendete seinen schönen Kopf! Vater und Sohn näherten sich. Zuerst trat der Sohn hervor und fiel auf die Knie. „Liebes Reh!", sagte er, „Ich danke dir von ganzem Herzen, dass du meinen Vater gerettet hast und uns dadurch alle froh gemacht hast. Ich habe beschlossen, Förster zu werden und darauf acht zu geben, dass dir nichts Schlimmes geschehe!" Das Reh war gerührt und vergoss eine Träne, die sich der Junge aus seinem Auge wischte, als er wieder aufstand, denn auch aus seinem Auge kullerte eine dicke Träne. Nun trat der Vater vor und auch er ließ sich auf seine Knie nieder. Er sagte zu dem Reh: „Du bist sehr schön! Mir ist, als hätte ich dich schon einmal gesehen und dir in deine wunderschönen Augen geschaut! Aber ich will nicht sentimental werden. Ich danke dir aufrichtig für deine gute Tat und auch ich will dich recht oft besuchen!" Da kullerte dem Reh aus dem zweiten Auge eine Träne und der Vater wischte sich wie der Sohn, als er aufstand, eine dicke Träne aus dem Auge. Da sprang das Reh fort und Vater und Sohn umarmten sich eine Weile und schwiegen. Dann ließen sie voneinander los und gingen festen Schrittes auf die Stadt zu.

Als sie an das Haus des Jungen kamen, ging dieser alleine hinein und sagte zu seiner Mutter, sie möge einmal in den Hof kommen, es gäbe eine Überraschung. „Was das wohl sein mag?", sagte die Mutter und trat in den Hof. Da konnte sie es kaum glauben, dass ihr lieber Mann gesund war und ihr die Freude machte, sie zu besuchen. „Wie schön er lacht", dachte sie und dann lagen sie sich in den Armen und merkten die Zeit nicht. Doch da schlich sich der Junge in ihre Mitte und ließ sich von beiden wärmen und liebhaben.

Das Reh

Es war einmal eine verwunschene Prinzessin, die als Reh viel Gutes den Leuten antat, wenn sie ihm aus einer Bedrängnis herausgeholfen hatten. Meistens gab es ihnen einen Wunsch frei, der ihnen erfüllt wurde. Einmal hatte es sein Bein zwischen herumliegenden Ästen eingeklemmt und ein guter Mann half ihm, sich zu befreien. Als Dank fragte ihn das Reh nach einem Wunsch, den es ihm erfüllen wollte. Der Mann wünschte sich auf der Stelle ein Fahrrad, das ihm seine Wege erleichtern sollte. Er lachte, als es schon vor ihm stand, kaum, dass er seinen Wunsch getan hatte, und schwang sich auf. Er klingelte heftig, um dem Reh seinen Abschied anzukündigen und ihm seinen Dank zu zollen. Das Reh sah ihm lange hinterher, solange, als es ihn sehen konnte.

Es war aber eine Zeit gekommen, da verfiel das Reh in eine tiefe Traurigkeit, denn es wollte gerne Hochzeit halten und fand seinen Prinzen nicht, der es erlöste.

Da fasste es allen Mut zusammen und fragte einen daher kommenden Junker: „Sag lieber Junker, möchtest du mich nicht erlösen? Ich bin eine verwunschene Prinzessin!" Der Junker ignorierte aber das Reh, denn er dachte, er habe eine Einbildung und ging weiter. Als wieder ein junger Mann herannahte, wiederholte das Reh sein Sprüchlein. Da lachte der junge Mann und sagte, es glaube ihm nicht und er würde seine Zeit nicht vertun wollen. „Alle guten Dinge sind drei", sagte sich das Reh und sprach sein Sprüchlein, als der dritte herbeikam. „Wie kannst du mich denn einfach so in ihren Gedanken stören!", erwiderte der Angesprochene, „Ich habe für deine Angelegenheiten keinen Sinn!" und ging von dannen. Da holte das Rehlein tief Luft und lief weit in den Wald hinein, um sich von der Unfreundlichkeit der Männer zu erholen. Schließlich befand es, dass es nicht sogleich aufgeben dürfe und lief wieder auf die Wege, die die Menschen begingen. „Lieber Wandersmann", sprach es einen an, „ich bin eine verwunschene Prinzessin. Willst du mich nicht erlösen und ihr Prinz sein?" Der Wandersmann blickte das Reh sehr ernst, ja geradezu streng an, pochte mit seinem Stab auf die staubige, harte Erde und sagte in trockenem Ton: „Die Zeit der Märchen ist vorbei, junges Fräulein!", und ging von dannen ohne das Rehlein noch eines Blickes zu würdigen oder eine Antwort abzuwarten. „Ihr Gott!", dachte das Reh, „wie sind die Leute hart geworden!" Trotzdem fragte es weiter. Der nächste sagte, er wolle es sich überlegen und am nächsten Tag wiederkommen, um ihm seine Antwort zu geben. Da hoffte das Reh, doch am nächsten Tag wartete es umsonst. Enttäuscht lief es wieder in den tiefen Wald hinein und vergoss seine Tränen.

Es schluchzte dabei so laut, dass ein Vogel angeflogen kam und fragte, was ihm denn Trauriges widerfahren sei, da es so laut weinte. Da erzählte ihm das Reh sein Unglück. „Vielleicht gibt es einen Ausweg!", antwortete ihm der Vogel. Das Reh schaute auf und der Vogel verliebte sich in seine leuchtenden Augen. „Was schaust du mich so an!", fragte das Reh und der Vogel erwiderte keck: „Ich habe mich gerade in dich verliebt, ihre Prinzessin!" „Ach nein!", rief die Prinzessin, „du brauchst doch eine Vogelfrau, die dich liebhat!" „Denkste!", fuhr der Vogel in seiner Keckheit fort, „Ich bin nämlich ein verwunschener

Prinz!" „Ach, wir Verdammten!" entgeisterte sich das Reh. „Aber, aber, Prinzessin!", wer wird denn gleich verzweifeln! Sprach sie nicht davon, dass es vielleicht einen Ausweg gäbe?" „Ja, ja!", entgegnete die Prinzessin, „doch kann ich mir wahrhaftig keinen vorstellen!" „Aber ich!", rief der kecke Prinz. „Erzähle! Ich will dir zuhören!", sagte die Prinzessin und dachte bei sich, dass ihm des Vögelchens Keckheit doch gefiel und merkte, dass etwas in ihr selbst lächelte.

„Wir müssen herausfinden", hob der Vogel an, „welcher Bann über uns liegt!" „Ja aber das weiß ich doch!" rief die Prinzessin erregt. „Dann ist doch alles gut, Prinzessin, und du brauchst dich doch überhaupt nicht aufzuregen!" verkündete der Vogel. „Ach nein!", schrie die Prinzessin," Du armer Vogel! Du weißt ja von nichts! Ich soll erschossen werden! Erst wenn jemand ihren Kopf davon trägt, darf ich wieder Prinzessin werden!" „Dann ist doch alles ganz leicht!" warf der Prinz ein. „Nichts ist leicht!", begann die Prinzessin wieder zu weinen, „Ich laufe jedes Mal weg, wenn ein Gewehrlauf auf mich zielt! Glaubst du etwa, dass es leicht ist zu sterben!" Da erschrak der Prinz und entschuldigte sich bei der Prinzessin. „Nein, das ist nicht leicht!" sagte er leise und sie schwiegen.

Nach einer Weile fragte die Prinzessin ihn, ob er wisse, wie es um ihn stehe. „Ja, doch, das weiß ich wohl", antwortete der Vogel, „mich verfolgt dasselbe Schicksal wie dich. Nur, dass ich mich danach sehne erschossen zu werden, damit aus mir endlich wieder ein Prinz werden kann!" „Und warum hat dich dann noch kein Schuss getroffen?" fragte die Prinzessin. „Ja, das liegt daran", erklärte der Prinz ganz traurig, „dass es viel schönere Vögel gibt als mich! Niemand ist an mir unscheinbarem Vogel interessiert, alle

richten sie ihr Gewehr auf die schön gefiederten."
„Das tut mir wirklich leid", bekundete die Prinzessin aufrichtig, als sie in diesem Moment ein tödlicher Schuss traf. Versunken in ihre Unterredung hatten die beiden den Schritt des Jägers nicht vernommen. Aber wie freute sich die Prinzessin, als sie plötzlich eine Prinzessin war! Der verdutzte Jäger nahte heran. Aber er hatte für die Prinzessin gar kein Auge, denn er kniete sich gleich neben dem Reh nieder und betrachtete den schönen Kopf des Tieres. „Welch wundervolle Augen!", sagte er halblaut. Da tippte ihm die Prinzessin auf die Schulter und bat ihn, seinen Freund, den Vogel zu erschießen. Der Vogel interessierte aber den Jäger nicht. Da nahm sie heimlich seine Waffe und erschoss ihren Lieblingsfreund, den unscheinbaren Vogel, der sogleich ein kecker Prinz ward. Die Prinzessin ließ die Waffe zu Boden fallen und warf sich lachend in die Arme des Prinzen, der sie von Herzen drückte. Der Jäger dachte: „Das junge Volk erlaubt sich einen Scherz mit mir altem Jäger! Ich will mich mit dem erlegten Wild davonmachen, bevor ich aus ihrem Taumel aufwachen und neuen Blödsinn anstellen!" Als er noch einmal stehenblieb und zurückschaute, schüttelte er den Kopf und flüsterte halblaut: „Aber ich sehen wirklich aus wie Prinz und Prinzessin!" Da blickte die Prinzessin in seine Richtung und obwohl doch eine Entfernung zwischen ihnen lag, sah sie ihn mit ihren wundervollen Augen an und der Jäger überlegte, dass er diesen Blick schon einmal gesehen hätte. „Das war doch das Reh!", dachte er und betrachtete die Augen seiner Beute, doch sie waren erloschen. Aber in den Augen der Prinzessin leuchtete das Licht fort.

Der Brunnen

Die Frau hatte den Blinden geführt, als sie an einem Brunnen vorbeikamen, um den dicht an dicht junge Frauen und Männer herumstanden. Sie lehnten sich alle über den Brunnenrand, um hineinzusehen. Da hielt die Frau inne und sagte zu dem Blinden: „Warte einen Moment. Da vorne ist ein Brunnen, ich will einmal hingehen und hineinsehen. Ich bin gleich wieder zurück." Ohne seine Antwort abzuwarten hatte sie ihn losgelassen und war fortgegangen. Hätten nicht junge Frauen und Männer im Kreis um diesen Brunnen gestanden, hätte sie sich wohl nicht angezogen gefühlt. Aber es schien ihr, als begeisterten sich die Menschen über ein Wunder.
Als sie nähertrat, spürte sie sogleich die Zauberkraft des dunklen, bewegten, welligen Wassers. Niemand wunderte sich deshalb, dass sie hineinstieg, denn die Menschen waren ja alle von dieser Zauberkraft angezogen, wenngleich nicht alle den Mut fanden, sich in das tiefe Brunnenwasser hinabzulassen.
Es war wirklich ein besonderer Brunnen, denn Goldschimmer lag auf dem dunklen Wasser und auch auf dem Brunnenrand. Dieser Goldschimmer erinnerte an die goldenen, seidigen, langen Haare einer jungen Frau. Gewiss waren auch die Wände des Brunnens, die in die Tiefe reichten, aus purem Gold.
Der Blinde wurde ungeduldig und fand wegen der Stimmen und weil er nur wenige Schritte entfernt stand, den Weg zum Brunnen. Die Frau, die schon hineingestiegen war, erfasste seinen Arm, als sie ihn

erblickte und rief seinen Namen. Sie zog ihn mit all ihrer Kraft über den Brunnenrand ins Wasser. „Was soll das!" schimpfte der Blinde, „Lass diesen Spaß und komm wieder heraus! Ich will endlich weitergehen!" „Nein, ich komme nicht!", flüsterte die Frau mit seidener Stimme, „Komm du herab! Komm herab! Ich führe dich!" und wieder zerrte sie an ihm. Er verlor in dem Gerangel seinen weißen Blindenstock und seine Jacke. Sie gab nicht nach. Gewaltsam riss sie ihn hinunter. „Endlich!" sagte sie und atmete auf. Er war böse auf sie, schritt aber an ihrer Seite. „Wohin geht es denn?" brummte er. „Du wirst es schon merken", erwiderte sie nur. Sie hatte es eilig, gönnte ihm und sich keine Pause. Sie gingen auf einen Feldweg, auf einen Hügel, auf einen Berg, durch ein Tal und durch einen Wald. Da sah sie das Gehöft. „Da ist es!", rief sie.

Als sie auf den Hof kamen, standen viele Pferde mit ihren Reitern und Pflegern dort. Der Blinde bestieg mit ihrer Hilfe ein Pferd, das er sich ausgesucht hatte. Er spürte den warmen Körper des Tieres. Plötzlich setzte sich das Pferd in Bewegung. Als es los ritt, öffneten sich dem Blinden die Augen! Er konnte sehen! Er sah die Landschaft und jubelte! Er ritt in vollem Galopp hinein ins Freie! Sie holte ihn mit ihrem Pferd ein und als sie nebeneinander ritten, teilten sie ihre Freude.

Aber einmal mussten sie anhalten, sie konnten nicht ewig weiterreiten. Als der Blinde vom Pferd stieg, wurde die Welt wieder vollkommen dunkel. Er lehnte seinen Kopf gegen das Pferd und stieß verzweifelt aus: „Ich kann nicht mehr sehen!" Viele Tränen rannen über sein Gesicht. Er war wieder hinaus in die Dunkelheit geworfen worden, abgeschieden von der

Welt, wie sie sich im Lichte zeigte und von den Menschen, wie sie sich in der Helligkeit offenbarten.
Sie gaben die Pferde ab und gingen ihres Weges schweigend zurück, ins Oberirdische hinein.. Sie kamen dort aus, wo die Frau mit dem Blinden innegehalten hatte, in der Nähe des Brunnens. „Was ist denn?!" fragte der Blinde ungeduldig, „Warum bleibst du stehen?" „Ach, nichts"., antwortete sie ihm, „ich hab` nur rüber zum Brunnen geschaut, der sieht heute so vergoldet aus!" „Das kommt bestimmt von der Sonne!", meinte er. „Ja, bestimmt!", bestätigte sie und dann gingen sie weiter.

In einem finstren Dickicht

Ein Mädchen hatte sich in einem finstren Wald verloren. Es war so finster, nicht mal den blauen Himmel sah es. Alles war voller Zweige, ein rechter Dickicht aus schwarzen Ästen. Das Mädchen war ganz verzweifelt und kam nicht weiter. Da beschloss es, sich hinzulegen, denn es war ganz und gar erschöpft. Sobald es lag, schlief es ein und hatte einen Traum: Es sah eine schöne, grüne, saftige Wiese, auf der es voller Freude zwischen den gelben Butterblumen herum hüpfte und sich an dem wunderbaren, hellblauen Himmel erfreute. Plötzlich hielt es inne, denn es hörte etwas. Als es lauschte, vernahm es ein Plätschern. Es ging in die Richtung, aus der das Geräusch kam und entdeckte ein Bächlein, das unter der Sonne in der grünen Wiese dahinfloss. Das Mädchen konnte auf den Grund sehen, denn der Bach war nicht tief: Es sah Sand und Steine, kleine Salamander und andere kleine Fischen darin schwimmen. „Ich werde mit dem Bächlein gehen", dachte es, „Seite an Seite, dann bin ich nicht so alleine". „Wir können uns etwas erzählen, während er dahinfließt und ich an seiner Seite wandere." Sie kamen an schönen Gegenden vorbei. Als das Mädchen einen Obstbaum voll beladen mit guten Früchten sah, trennte es sich für eine Mittagspause vom Bach, denn es konnte jetzt seinen Hunger stillen. Im finstren Dickicht hatte es keine Nahrung gefunden. Es aß von allen Früchten, die auf den verschiedenen

Bäumen reiften. Dann war es so satt und sein Bauch so voll, dass es sich auf die Wiese am Ufer des Bächleins zu einem Schlaf niederlegte. Auch waren seine Füße vom langen Weg müde geworden, und so schlief es gleich ein.

Wieder hatte das Mädchen einen Traum. Diesmal sah sie einen Jungen, der wohl so alt sein mochte wie es selbst. Er saß in einem Klassenzimmer und modellierte eine Schale aus Ton. Der Junge hatte ganz schwarzes Haar. „Oh, diesen Jungen möchte ich gerne kennenlernen", sagte das Mädchen und wachte auf. „Hm", dachte es, „ob ich diesen Jungen wohl finden werde?" Es rieb sich die Augen und stand auf. Bevor es sich wieder dem Lauf des Baches anschloss, füllte es seine Kleidertaschen mit Obst, denn, so war es ihm in den Sinn gekommen, das Obst wollte es in seine getöpferte Schale legen, wenn es ihn treffen würde. Das Mädchen, erzählte dem Bach seinen Traum, und es fand, dass er besonders laut plätscherte, als es geendet hatte, so, als würde er applaudieren, sich freuen. Der Bach kannte nämlich den Jungen, denn sein Lauf führte geradewegs an dem Haus vorbei, in dem der Junge wohnte, nur eine Pferdekoppel lag zwischen dem Haus und dem Bach. Der Bach kannte sogar das Lieblingspferd des Jungen und hörte manchmal Gesprächen zu, die der Junge mit dem Pferd führte, denn das geschah ganz in seiner Nähe. Der Junge hatte große Sorgen, und das Pferd war sein Freund. Er erzählte ihm alles. Der Bach hatte ihn auch schon weinen sehen. Seinen Kopf hatte er dann gegen den Kopf des Pferdes gelehnt und seine Arme hielten den Hals des Pferdes umschlungen. Der Bach hatte Mitleid mit dem Jungen, deshalb freute er sich, dass das Mädchen ihn kennenlernen wollte, dann hätte der Junge eine Freundin.

Wie nun der Bach und das Mädchen eine ganze Zeit lang so dahingegangen waren, kamen sie an die Koppel. Das Mädchen erkannte den Jungen sofort an seinem schwarzen Haar. Es war ganz aufgeregt, als der Junge vom Pferd heruntersprang und es neugierig betrachtete. Es kamen selten Leute in diese abgelegene Gegend, deshalb wollte der Junge nicht, dass das Mädchen gleich weiterginge und so lud er es ins Haus ein. In seinem Zimmer sah es sogleich die Schale. Es holte das Obst aus ihren Kleidertaschen und legte es hinein. „Das hab ich dir mitgebracht!" sagte es. Da griff sich der Junge auch schon einen roten Apfel und biss hinein. Als sie nun beieinander gesessen und sich viel erzählt hatten, wurde das Mädchen sehr müde. Es konnte sich gar nicht gegen die Müdigkeit wehren und schlief ein. Der Junge holte eine Decke hervor und legte sie dem Mädchen über, damit es nicht fror.
Jetzt träumte das Mädchen wieder: Es träumte von einem Vogel, den der Junge aus Ton modelliert hatte. Dieses stumme Vögelchen fing an zu piepen und zu hüpfen, schließlich fing es an, mit den Flügeln zu schlagen und erhob sich. Es flog hoch, immer höher in den weiten, blauen Himmel hinein. Das Mädchen blickte dem Vogel lange nach, bis er nicht mehr zu sehen war. Als das Mädchen aufwachte, fragte es den Jungen:"Wo ist dein Vogel?" „Was du nicht alles weißt!, erwiderte er erstaunt, „erst bringst du mir Obst für ihre Schale mit, und nun fragst du nach ihrem Vogel!" „Ich sehe, du bist ein besonderes Mädchen! Ich will ihn dir zeigen!" „Nanu?! Wo ist denn ihr Vögelchen? Es ist nicht mehr da!" „Schau dir das an, die Standfläche steht noch auf dem Tisch, aber der Vogel ist verschwunden!" In dem Moment pickte ein Vogel ans Fenster. „Genauso hat er ausgesehen!" rief

der Junge und öffnete schnell das Fenster. Der Vogel stimmte einen stolzen Gesang an und flog zum Erstaunen der Kinder eine Runde im Zimmer und wieder hinaus zum Fenster. „Nein!" rief der Junge ihm nach, „bleib hier! Du bist doch ihr Vogel! Du mußt mir gehorchen! Ich habe dich gemacht!" Da spürte er etwas am Arm. Es war das Mädchen, das ihn am Ärmel zupfte. Es sagte leise: „Der Vogel braucht seine Freiheit!" „Aber ich habe ihn gemacht!" rief der Junge enttäuscht, „Er muss hierbleiben, hier bei mir! Er gehört mir! Es ist ihr Vogel!" Der Junge war ganz wütend geworden. Daraufhin schweigen beide Kinder. Schließlich sagte das Mädchen:"Gib dem Vogel seine Freiheit, obwohl du ihn gemacht hast! Du möchtest doch auch nicht eingesperrt sein von deinen Eltern! Oder?!" „Nein, das möchte ich wirklich nicht!" antwortete er ehrlich und hielt dabei seinen Kopf gesenkt. Als er aufschaute, war das Mädchen verschwunden. Der Junge sprang entsetzt auf: „Wo bist du?!" rief er. „Komm wieder!" „Geh nicht weg!"
Das Mädchen, das in dem finstren Wald in einem dunklen Dickicht eingeschlafen war wie in einer Kugel aus Zweigen, in der es den hellblauen Himmel nicht sah, wurde von einem Vogelgesang geweckt. Ein Vogel saß tirilierend in seiner Nähe auf einem Zweig im Dickicht und schmetterte stolz sein Lied in seine Ohren. Das Mädchen freute sich Gesellschaft zu haben und erhob sich. In diesem Moment flog der Vogel ein Stück weiter. Das Mädchen folgte ihm. War sie bei ihm, flog er tirilierend weiter, bis sie ihn eingeholt hatte. Wenn das Mädchen nicht sah, wohin er geflogen war, folgte sie seinem Gesang. Jedes Mal wartete er auf sie. So kamen sie vorwärts und erreichten das Ende des Waldes. Und siehe da: Endlich, endlich sah es den hellblauen Himmel. Es

hüpfte vor Freude, drehte sich und klatschte in die Hände. Eine grüne Wiese lag vor ihm. „Die gelben Butterblumen! Wie schön!" rief es. Auf einmal hielt es inne. Es lauschte. Was hörte es da? Es plätscherte in ihrer Nähe. Da fiel ihm sein Traum ein. „Das muss der Bach sein!", dachte es. Ja, er war es. Es erinnerte sich an den Jungen. Schnell lief sie am Ufer des Baches entlang, an den Wiesen und Obstbäumen vorbei. Von weitem sah sie die Pferdekoppel und das Pferd ohne Reiter. Es näherte sich jetzt langsam dem Haus. „War ich das nicht, die gerufen wurde?!" „Komm wieder! Komm wieder!" klang es aus dem offenem Fenster. Es ging heran und sah ins Zimmer hinein. Da lag der weinende Junge auf dem Bett und rief nach ihr."Da bin ich!" rief es und auch der Vogel landete auf der Fensterbank. „Wie schön!", rief der Junge. Er sprang auf und mit einem Satz war er am Fenster. Der erschrockene Vogel flog schnell in den Baum, der vor dem Fenster stand. Er sah, dass die Freude der Kinder groß war und tirilierte wie zu einem großen Fest. Der Bach ließ es sich nicht nehmen und plätscherte besonders laut. Des Jungen Lieblingspferd wieherte und der aufgekommene leichte Wind setzte Blume, Strauch und Baum in sanfte wiegende Bewegung.

Die Ente

Die Ente mit der roten Schnute watschelte einen langen Weg entlang. Sie war gelb und weich wie ein Küken. Der Schneemann verfolgte sie und stülpte sich als Hülle über sie, so dass nur noch die roten Entenfüße herausguckten. Manchmal verließ der Schneemann sie, hüllte sie nicht ein, sondern ging hinter oder neben ihr. Die Ente watschelte sehr schnell, und es war ein langer Weg. Sie hoffte, dass sie ihn verlöre, dass der Schneemann es aufgäbe, sie zu verfolgen, weil er so einer Strapaze nicht gewachsen wäre.

Schließlich kam sie an eine kleine Hütte. Sie klopfte an und wurde hereingelassen. "Lieber Bär", sagte die kleine Ente, "du bist ihr Freund! Kannst du mir helfen, den Schneemann zu vertreiben? Er verfolgt mich und läßt mir keine Ruhe." Der freundliche Bär nahm seine Forke. Damit trat er vor die Tür und erstach den Schneemann. Der Schneemann fiel in sich zusammen. Der Schnee, der einmal den Schneemann ausmachte, lag auf dem Boden und war nicht mehr zu unterscheiden von dem Schnee, der die Erde bedeckte. Der Bär ging wieder in die Hütte und sagte:"Erledigt! Er liegt am Boden!" Die Ente atmete auf. Ihr Freund, der Bär, bereitete ihr zur Stärkung ein Getränk, denn sie hatte ja einen langen Weg zurückgelegt, um ihn zu finden. Außerdem bot er ihr an, sie zurückzubegleiten. Auf dem Rückweg entdeckten sie Blumen, die immer zahlreicher wurden, je näher sie der Heimat der Ente, dem Ententeich, kamen. Dort war es vollends Frühling geworden und als die Ente in den Teich schlüpfte, sah sie aus wie eine richtige Ente. Der Bär winkte der schwimmenden Ente zu und sie rief: "Quak! Quak!" Dann ging der Bär nachdenklich zu seiner Hütte in den Wald zurück.

Figuren schnitzen

Es war einmal ein Mädchen, das konnte sich über nichts freuen, es wollte am liebsten sterben.
Da ging es in einen dunklen Wald. Es sprach mit den Tieren so gut es ging und pflückte Beeren von den Sträuchern.
Es gab in seiner Nähe ein Bächlein, in dem es seine Füße erfrischte und darinnen es sein Gesicht spiegelte.
Es war zwar immer dasselbe Gesicht, das es sah, doch wirkte es jedes Mal unbestimmt und löste sich auf, wenn das Wasser sich bewegte, so dass es meinte, dass es doch eigentlich gar kein sicheres Gesicht hätte, mit dem es den Menschen entgegentreten könnte. Deshalb zog es sich noch tiefer in den Wald zurück, dort, wo kein Bächlein mehr hinführte. Hier war es immer dunkel, denn es war die tiefste Stelle im Wald, zu der nur ein schwaches Tageslicht zwischen den Blättern hindurch drang.
Das Mädchen wusste nichts mit sich anzufangen, da begann es mit einem gefundenen Messer, das umherliegende Holz zu bearbeiten. Es kannte die Kunst des Schnitzens nicht, jedoch zeigte seine tägliche Arbeit immer mehr Fertigkeit. Die Figuren gefielen ihm und es hatte Lust, sie anzumalen. Die Malfarben gewann es aus den Früchten der Sträucher und den verschiedenfarbigen Erden.
Es hatte lange überlegt, aber entschloss sich dann doch, die Figuren einzusammeln und sich auf den Weg durch den Wald zurück in die Ortschaft zu begeben. Es dachte, dass sich die Leute nicht mit

seinem Gesicht beschäftigen würden, sondern mit den Figuren. Und das bewahrheitete sich auch. Was es dafür haben wollte, fragten es die Leute. Es zuckte mit den Schultern. „Dann geben wir dir eine Spende", sagten die, die eine Figur mitnahmen. Am Ende war sein Korb leer, und es freute sich darauf, wieder neue Figuren zu schnitzen. Da wurde es von einer Frau angesprochen, ob es nicht Lust hätte, in ihrer Werkstatt mitzuarbeiten. Wieder zuckte das Mädchen mit den Schultern. „Dann komm doch einfach mal mit", sagte die Frau „und sieh dir alles an!" „Aber ich brauche doch das Holz des Waldes!"; rief das Mädchen. „Richtig!", sagte die Frau, „deswegen gehst du so oft du willst in den Wald und holst dir, was du brauchst! Wie findest du das?" Das Mädchen sah an seiner schäbigen Kleidung herab und sagte: „Das geht nicht, im Ort habe ich weder ein Zimmer noch saubere Kleidung und Nahrung." „Für alles ist gesorgt, ihr Kind!" sagte die Frau und als das Mädchen lächelte, fasste sie es bei der Hand und sie gingen in ihr Haus. Das Mädchen dachte bei sich, jetzt habe sie doch ihr Gesicht gezeigt. Es ist nicht mehr unsicher, weil sie es als ihr Gesicht erkannt habe, nicht in einem Spiegel, sondern in ihrem Inneren und in dem Lächeln der Frau, die darauf reagierte. Es drückte kaum merklich die Hand der Frau und erhielt diesen leisen Händedruck zurück.

Rosenufer

Eine weiß gekleidete Frau stand an einem See, auf den der Mond schien. Sie hob einen Stein auf und warf ihn in den See. Der Mond zeigte die Ringe, die der sinkende Stein hervorrief. Als er unten angekommen war, stieg ein weißes Schiff an der Stelle auf und die weiße Frau stieg hinein. Das Schiff entfernte sich. Der See war so groß, dass das andere Ufer kaum zu erkennen war. Als die junge Frau dort das Schiff verließ, sah sie, dass das ganze Ufer mit Rosen bepflanzt war, aber nur eine einzige blühte rot. Sie wollte sie mit dem Messer abschneiden, doch die Rose rief: „Bitte, lass mich leben, ich will dir helfen!" Das Mädchen musste nämlich die rote Rose dem Vater bringen, damit es befreit würde aus seiner Leibeigenschaft, die der Vater über sie ausübte. „Wie willst du mir helfen?", fragte das Mädchen. „In deines Vaters Garten befindet sich ein Schild „Betreten verboten". Wenn du trotzdem die zwei Stufen betrittst, werden es immer mehr und du gelangst in einen unterirdischen Keller. Dort findest du alle erbleichten Rosen aufgebahrt, die die schuldlosen, nach ihrer Freiheit dürstenden Kinder dem Vater zuliebe abschnitten, damit er sie in ihre Freiheit entließe. Die Kinder in ihrer Angst und Not hörten nicht auf die Rosen und schnitten sie ab. Sogleich aber erblassten sie und die heranwachsenden Kinder konnten dem Vater nur bleiche Rosen bringen. Da ward der Vater zornig und bestrafte sie härter denn je, ihre Freiheit war vertan, ihre Leibeigenschaft aber wurde noch enger gehalten." Die junge Frau stieß einen leisen Schreckensschrei aus. „Du brauchst dich nicht zu fürchten", sagte die Rose, „bringe alle aufgebahrten Rosen zurück und setze eine jede auf eine Schnittstelle, so werden sie augenblicklich anwachsen und sich rot färben. Auch dein Kleid wird sich rot färben und dein Blut wird dir zurückgegeben. Wenn du so dem Vater gegenübertrittst, wird er erbleichen, und du kannst alle Kinder aus ihrer Gefangenschaft erlösen, die der Vater sich hielt." Die weiß gekleidete Frau handelte so wie die Rose ihr aufgetragen hatte. So kam es, dass sie ihr Dasein wiedergewann und die Kinder befreite. Der Vater hingegen verlor seine Kraft und seine Herrschaft.

Die verwirrte Frau

Es war einmal eine verwirrte Frau, um deren Taille Fische im Kreis herumschwammen. Dann wurde sie selbst ein Fisch, den Schwanz nach unten gerichtet, den Kopf in die Höhe, ganz so, wie es beim Menschen ist, wenn er auf festem Boden steht und seine Füße nach unten zeigen und sein Kopf nach oben.
Plötzlich war das Wasser da und der Fisch wurde nach unten gezogen. Er schwamm nicht wie ein normaler Fisch, sondern sank in seiner Stellung nach unten. Aus seinem Mund führte eine hauchdünne Silberschnur nach oben auf die Erde. Der Fisch sank immer tiefer und tiefer. Das war eine lange Zeit so, und es wollte gar nicht enden. Gab es überhaupt einen Meeresgrund und würde er jemals dort ankommen? Die Fische, die viel kleiner waren als er selbst, schwammen immer noch um seine Taille herum. Jetzt musste er die Schnur in seinem Mund freigeben, denn ich war nicht mehr lang genug, um den Kontakt mit der Erde zu halten. Er spürte seine Angst. Eine lange Zeit blieb er in der Schwebe, weder verbunden mit der Erde noch mit dem Meeresgrund.
Doch plötzlich war er angekommen. Er spürte den Meeresboden unter seinen Füßen und verwandelte sich in eine Frau. Sie setzte sich und stützte gedankenvoll den Kopf in ihre Hände. „Was soll ich bloß tun?" fragte sie sich, „Ich kann doch hier nicht ihre Tage verbringen!" Da fiel ihr Blick auf ein hölzernes Pferd, das eine Stange quer in seinem Maul hielt, als sei es ein Knebel. Das Pferd hatte keinen

Schweif und die Füße waren ihm zusammengebunden.

Die Frau ging zu dem Pferd und nahm ihm den Knebel aus dem Maul. Sie band seine Füße los und entdeckte, dass der Schweif doch da war, nur war er zu einem kleinen Stummel zusammengebunden. „Wer hat dir das bloß angetan!" rief die Frau kopfschüttelnd, während sie den Schweif aus der Verknotung löste. Das Pferd wieherte aus Freude und tänzelte auf der Stelle. Nachdem die Frau es eine Weile gestreichelt hatte, bestieg sie es. Sie hatte ganz vergessen, dass es ein hölzernes Pferd war, so ergriffen war sie von seinem Zustand gewesen. Sogar das Wiehern und Tänzeln schien sie sich eingebildet zu haben. Aber da begann das Pferd zu traben! Sie ritten eine lange Zeit durch das Wasser. Es wurde immer heller und dünner bis es nicht mehr zu sehen war. Plötzlich standen sie auf einer Wiese. Weil beide so erschöpft waren, legten sie sich auf die Wiese zur Ruhe, dabei schmiegte sich die junge Frau an den Bauch des Pferdes. Bald schliefen beide ein.

Da kam aus dem Wald ein junger Mann. Er war ganz traurig, denn wieder einmal hatte er sein Pferd nicht gefunden. Täglich ging er in den Wald und suchte es aufs Neue, aber es blieb verschwunden. Er hatte das Pferd sehr lieb gehabt und der Verlust schmerzte ihn tief. Doch da! Was sah er da?! Da lag doch sein Pferd! Er trat näher. Ja, das war ohne Zweifel sein Pferd, das mit einer schönen Frau an seiner Seite schlief. In ihr Antlitz verliebte sich der Mann. Er sprach jetzt leise den Namen seines Pferdes und streichelte es. Darüber wurde das Pferd und die Frau wach. Sie sprang auf und erschrak. Auch das Pferd erhob sich. Der gute Mann sagte zu ihr: „Du brauchst dich nicht fürchten! Es ist ihr Pferd, das sie endlich wiedergefunden habe!" Das Pferd erkannte seinen Besitzer ebenfalls, freudig wieherte es, sprang leicht in die Höhe und drehte seinen Schweif. „Ich bin dir sehr dankbar", sagte der Mann zu der Frau, „ohne dich hätte ich ihr Pferd nie wiedergesehen!" Die Frau hatte noch kein Wort herausgebracht, hatte ich doch Angst, dass ihr nun das Pferd genommen würde. Doch das Pferd blieb ihr treu zur Seite. Es ließ sich sogar vor ihr nieder, damit sie sich auf seinen Rücken setze. Da lächelte sie erleichtert und stieg auf. Das Pferd, das sich daraufhin nicht erhob, wartete auf seinen ehemaligen Besitzer, damit auch dieser aufstieg. Als dieser das Verhalten des Pferdes begriff, lächelte auch er erleichtert, wäre er doch ein Unglücklicher geworden, wenn er alleine hätte zurückbleiben müssen. Aber er wollte zuerst das Einverständnis der Frau einholen und fragte sie deshalb, ob es so sein dürfe wie das Pferd es wünsche. Sie nickte und lächelte, diesmal sah man sogar ihre hellen Zähne, sie strahlte geradezu. Dann legte sie unwillkürlich ihre Hand auf ihre Brust, denn sie spürte ihr Herz klopfen, es war voller Freude. So ritten sie, drei in einem, fort.

Die Margerite

Im Hinterhof, der eng und kalt war, blühte eine kleine Blume. Die Wände der Mietshäuser waren hoch und schäbig. Die kleine Blume blühte neben einer dunklen, hohen Mülltonne, die neben zwei anderen in dieser Enge stand. Manchmal waren sie überfüllt, so dass die Deckel sich nicht schlossen, und der Geruch der Essensreste belästigte die kleine Margerite. So mag sie wohl geheißen haben, weil sich viele, kleine, weiße Blütenblätter um eine gelbe Mitte anordneten.

Die Margerite war sehr einsam, sie wurde nicht einmal begossen, denn niemand beachtete sie und zuweilen fiel sogar etwas Abfall auf sie, wenn die Bewohner es eilig hatten und ihren Müll schnell in die Behälter warfen.

Eines Nachts wuchs die Margerite in die Höhe, denn die Einsamkeit war so schrecklich, dass sie die Gesellschaft von Menschen suchte. Die Lichter in den Fenstern waren aber alle erloschen. Doch sah sie im 5. Stock einen Lichtschimmer. Als sie oben angekommen war, lehnte sie sich an die Fensterscheibe und beobachtete ein Mädchen vor dem Spiegel. Es schminkte sich und wischte dann die Schminke wieder ab, um daraufhin neue Schminke aus anderen Farben aufzutragen. Plötzlich hielt das Mädchen inne, denn der Spiegel hing dem Fenster gegenüber, und das Mädchen sah auf einmal die Margerite darin, die ihr - wohl wegen ihrer kreisrunden Blüte - wie ein Gesicht erschien. Es drehte sich um und lief zum Fenster. Eilig öffnete es die beiden Fensterflügel und wollte die Margerite abpflücken. „Aua!", schrie die Margerite auf, „du tust mir weh!" Und so schnell sie konnte raste sie die Hauswand hinunter und wurde wieder ganz klein.

Das Mädchen hatte sich sehr erschrocken und blickte über das Fenstersims gebeugt der Margerite nach. Am nächsten Tag ging es in den Hinterhof und suchte die Margerite. Sie war nicht schwer zu finden, denn der Hof war ja nur einige Quadratmeter groß. „Bitte entschuldige, kleine Margerite, dass ich dich pflücken wollte!" sagte das Mädchen. Die Margerite nickte, das heißt, sie beugte ihren Blütenkopf etwas nach vorne. Daran erkannte das Mädchen, dass die kleine Margerite ihr verzieh und auch, dass sie offenbar nur nachts sprach. „Bitte, besuch mich wieder!", sagte das Mädchen, „auch ich bin einsam!", denn es hatte wohl gefühlt, dass die kleine Margerite sie aus Einsamkeit besucht hatte. Wieder nickte die kleine Margerite. Da öffnete sich im 5. Stock das Fenster und die Mutter des Mädchens rief hinunter: „Was machst du denn solange bei den Mülltonnen? Nun komm endlich!" Das Mädchen schüttete schnell ihren Müll in den Container und rannte fort. Dass es dabei die kleine Margerite mit Abfall bespritzte, merkte es nicht. Die Margerite seufzte, aber dann freute sie sich auf den Abend.

Als die Nacht dunkel wurde und der Lichtschimmer im 5. Stock auftauchte, wuchs die kleine Pflanze wieder empor. Ihr Stengel wurde länger und länger bis sie endlich das Fenstersims erreicht hatte und sich mit ihrem Köpfchen etwas erschöpft gegen die Scheibe lehnte. Das Mädchen hatte schon gewartet und öffnete sofort das Fenster. „Da bist du ja!", sagte es erleichtert, „geht es dir gut?" „Ja", antwortete die kleine Blume, „ich bin nur ein wenig erschöpft."

„Wieso kannst du sprechen?", fragte das Mädchen. Die kleine Blume schwieg. „Schon gut,", sagte das Mädchen, „ich will nicht in dich dringen!" „Ich zeig dir was!", sagte es und holte aus dem Zimmer Farbstifte. „Damit" fuhr es fort, „könnten wir jedes deiner weißen Blütenblätter in einer anderen Farbe anmalen!" „Wozu soll das gut sein?", fragte die kleine, erschrockene Margerite. Das Mädchen lachte und rief: „Na, damit du schön aussiehst! Ein schönes Kleid macht dich doch schön!" „Gefällt dir ihr weißes Kleid nicht?", fragte die kleine Blume betrübt. „Doch, doch!", erwiderte das Mädchen, denn es wollte die kleine Blume nicht kränken, „ich dachte nur, dass ein buntes Kleid so schön lustig wäre!" „Hm", meinte die Blume und schwieg, weil sie nachdachte. Dann sagte sie: „Bei ihrem ersten Besuch sah ich, wie du dir farbige Schminke auf dein Gesicht aufgetragen hast. Wolltest du lustig aussehen?" „Ja" antwortete das Mädchen und wurde ein wenig traurig. „Und warum hast du die Schminke wieder entfernt?" „Naja" sagte das Mädchen, „das geht nicht anders, es ist ja nur Schminke, die haftet nicht ewig!" Die kleine Blume nickte, das heißt, sie beugte ihr Blütenköpfchen vor und sprach: „Ja, ewig bleibt nur das wahre Gesicht. Das kann man nicht abwischen!" „Ich weiß", entgegnete das Mädchen, „aber auch das eigene, das wahre Gesicht verändert sich, es wird faltig, welk und runzelig." „Das ist wohl wahr", bestätigte die kleine Blume und mithin fiel ein welk gewordenes Blütenblatt ihres Blütenkranzes hinab. Aber das Mädchen in ihrem Schmerz bemerkte den Verlust nicht, denn natürlich hatte die kleine Blume sehr viele Blütenblätter, so dass die winzige Lücke nicht auffiel. Plötzlich ging die Tür auf, und die Mutter ermahnte die Tochter, endlich das Licht zu löschen und ins Bett zu gehen. Mit Höchstgeschwindigkeit sauste die kleine Blume die Hauswand hinunter und führte ihr Dasein in der Nacht neben der Mülltonne.

Von nun an kam das Mädchen tagsüber in den Hinterhof, um die kleine Blume zu begießen. Es blieb immer nur kurz, um die Mutter nicht zu erzürnen, denn das sei kein Spielplatz, pflegte sie zu sagen. Eines Tages fiel dem Mädchen, als es die Margerite besuchte, auf, dass sich die Blütenblätter der schönen Margerite verändert hatten. Sie kamen ihr ergraut vor und es meinte auch, dass sich längst nicht mehr so viele Blütenblätter um den gelben Kern rankten.

Als die kleine Margerite sich eines Nachts wieder hochhangelte, sie musste nämlich an einigen Tagen aussetzen, weil ihre Kräfte diese Anstrengung nicht mehr zuließen, rief das Mädchen bestürzt: „Kleine Margerite, du hast abgenommen! Stimmt etwas nicht!" „Doch, doch ", keuchte die kleine Margerite, „es ist nur das Alter, weißt du. Ich wollte dir sagen, dass ich wohl heute Nacht das letzte Mal die Kraft aufgebracht habe, um dich hier oben zu besuchen." Dem Mädchen kullerten die Tränen aus den Augen. „Naja, das ist so, kleines Mädchen. Einmal wird man alt und dann muss man gehen. Du wirst mich dann in deinem Herzen haben und mit mir reden, wenn du willst."

Von nun an besuchte das Mädchen die kleine Margerite jeden Tag zweimal. Jedes Mal waren die Blätter noch welker geworden, da half auch kein Begießen mehr. „Die Zeit ist gekommen, ihr Kind, „sagte die stolze, kleine Margerite, „ich muss sterben. Das gehört zu jedem Lebewesen dazu." Das Mädchen schniefte, um seine Tränen zurückzuhalten.

Als es am nächsten Tag zur Margerite kam, war sie vollkommen welk in sich zusammengesunken. Sie war tot. Da fühlte das Mädchen tiefen Schmerz und weinte, doch oben im 5.Stock flog ein Fenster auf. Die Mutter rief sie mit strengem Ton, so dass das Mädchen sofort aufsprang, denn es hatte sich vor die tote Margerite hingekniet, und in die Wohnung hinauf zur Mutter lief. „Du holst dir noch eine Krankheit bei dem Gift, das aus dem Müll emporsteigt!", schimpfte die Mutter. Als die Mutter nachmittags fort war, lief das Mädchen schnell hinunter in den Hinterhof. Doch als es neben die Mülltonne blickte, sah sie keine Margerite mehr. Jemand hatte die verwelkte Blume auf den Müll geworfen. Das Mädchen nahm sie schnell und lief mit ihr in den Park, dort suchte es einen versteckten, friedlichen und schönen Platz, auf dem es die Margerite ablegte. Jeden Tag kam sie und sah, dass die Margerite allmählich zu Erde wurde.

Zu Hause nahm es seine Buntstifte und malte eine schöne Margerite. Die ovalen Blütenblätter malte sie alle weiß und die kreisrunde Mitte Gelb. Sie zeigte ihrer Mutter ihre schöne Margerite, doch die Mutter meinte, an ihrer Stelle würde sie die weißen Blütenblätter bunt anmalen, jedes in einer anderen Farbe, weil das doch viel lustiger aussähe. „Aber dann ist es doch keine Margerite mehr!", rief das Mädchen. „Das macht doch nichts!", entgegnete die Mutter. „Das macht wohl was!", sagte das Mädchen sehr bestimmt und ging auf sein Zimmer. Dort hängte es das Bild mit der schönen Margerite über seinem Bett an die Wand.

Aschenputtel

Aschenputtel hockte in lumpiger Kleidung am Fluss und schrubbte die Wäsche auf einem alten Waschbrett sauber. Die Stiefmutter schulterte ihr jeden Tag mehr schmutzige Wäsche auf den Rücken.
Eines Tages erblickte sie den Prinzen mit seinem Gefolge. Sie blieben ganz in ihrer Nähe stehen ohne sie eines Blickes zu würdigen. Das war ihr auch nur recht so, denn sie sah schäbig aus. Sie hörte, dass der König einen großen Ball geben wollte, zu denen alle Schönen des Landes eingeladen waren, damit der Prinz unter ihnen eine Braut fände.

Ach, wär das fein, ich könnte dabei sein!, seufzte Aschenputtel. Sie wusste wohl, wo der Palast war, er war ja weithin sichtbar. Aber wenn sie sich nur anschaute, war ihr klar, dass ihr Wunsch unerfüllt bliebe. Es gab aber gute Geister um sie herum, die ihren Wunsch vernommen hatten und ihr wohl helfen wollten. Sie brachten ihr am Festtage ein glänzendes Ballkleid, erledigten ihre Wäsche und arrangierten alles Nötige.
Der Königssohn verliebte sich sogleich in die strahlende, junge Frau, während die leiblichen Töchter der Stiefmutter unbeachtet blieben. Sie erkannten ihre Stiefschwester nicht, waren aber ungeheuer neidisch. Und auch viele der anderen Schönheiten, für die der Tanzabend nicht so verlief wie sie es für sich erhofft hatten.

Der Prinz war so angetan von seiner Tanzpartnerin, dass er ihr einen Ring mit einem leuchtenden, roten Rubin überstreifte.

Doch dann war sie in einem Augenblick, als das Licht kurz erlosch, verschwunden und der trostlose Prinz ließ den Ball schließen. Der König war darüber enttäuscht, aber schluckte die Kröte.

Er ließ gleich am nächsten Morgen nach der hübschen Jungfrau fahnden.

Die Stiefmutter hatte indessen an ihrer Stieftochter den Rubinring entdeckt und sägte ihr, da sich der Ring nicht vom Finger abziehen ließ, den ganzen Finger ab. Aber auch ihrer leiblichen Tochter, denn es musste Platz geschaffen werden für den Rubinfingerring, den sie der Tochter eigenhändig und grobschlächtig annähte. Überdies verschleierte sie ihre Tochter, damit der Prinz ihr Angesicht nicht sähe.

Die Hochzeit wurde anberaumt. Als der Tag kam und die verschleierte Braut vor ihm stand, tropfte auf einmal Blut vom Finger der Frau, genau dort, wo die Stiefmutter genäht hatte. Das Blut sickerte auf das weiße Brautkleid. Der Prinz sah nun, dass der Ringfinger gar nicht zu den übrigen Fingern passte und dass es ein angenähter Finger war.

Er verlangte von der falschen Braut ein Geständnis und diese musste ihn zu der richtigen führen. Der Prinz erschauerte und erschrak, als er Aschenputtel sah. „Ein Aschenputtel!", rief er enttäuscht. Aber als diese den Kopf hob und ihr strahlendes Antlitz ihn traf, wurde er von Freude verzückt und ergriff gleich ihre Hand. Er sah die Lücke, sah dass ihr der Ringfinger abgesägt worden war und benetzte mit seinen Tränen die Wunde. Es wäre kein Märchen, wenn nicht augenblicklich ein neuer Ringfinger

nachwuchs und ihr von dem Prinzen ein noch schönerer Ring übergestreift würde.
Nun wurde tatsächlich Hochzeit gefeiert. Die Stiefmutter aber mit ihren beiden Töchtern musste fortan schmutzige Wäsche waschen.

Die weiß gekleidete Frau

Sie lag in einem weißen Gewand „aufgebahrt", wie leblos auf dem Rücken, lang ausgestreckt. Um das Bett herum standen elf Frauen, sie waren gekleidet wie Nonnen, trugen lange, schwarze Gewänder mit einem weißen Stehkragen. Sie hielten jede eine lange, weiße, brennende Kerze in ihrer Hand und hatten ihren Kopf gesenkt, auf die Kerze gerichtet und auch auf die Frau.

Die weiße gekleidete Frau begann zu sprechen:
Ich weiß, dass man mich für tot hält und mit ihrem Schweigen habe ich dafür Anlass gegeben. Aber mir ist noch nicht danach zu sterben, wenngleich ich auch nicht leben kann wie die anderen. „Lasst uns hinausgehen! Ich möchte hinunter zum Fluss. In der Neige des Abends ist das Licht besonders ergreifend".

Die Frauen murmelten Unverständliches. Die ausgeblasenen Kerzen kamen in einen Beutel, den sie mitnahmen, denn ihre weiße Frau könnte ja unterwegs sterben.
Die Frau war dafür, dass man am Fluss entlang spazierte. Sie wollte über die Brücke, die sie in der Ferne sah und an das andere Ufer in die erleuchtete Stadt.
Als sie dort waren, sagte sie zu ihren Schwestern, seht, das alles interessiert mich nicht, das Leuchten des elektrischen Lichts, die Werbekampagnen, die Boulevardshows, die tanzenden, die lachenden, die

kreischenden Mädchen, die die Straßen eingehackt entlanglaufen. Aber euch interessiert das hitzige Leben, denn ich sehe, dass sich eure Wangen errötet haben.

Werft euch in das Leben und was ihr dafür haltet. Tobt euch aus! Tanze euch aus! Ich finde allein nach Haus".

Die Frauen warfen ihre Gewänder ab, sie kamen in den Sack zu den Kerzen. Sie lachten und alle sprachen auf einmal und durcheinander. Sie verabschiedeten sich nicht einmal von der weißen Frau, so aufgebracht waren sie, als sie sich ins helle, stürmische Leben stürzten.

Die weiße Frau war zurückgewandert und setzte sich noch eine Weile vor ihr Haus. Da kam ihr Nachbar daher und setzte sich zu ihr. Er sagte, er sei von einer großen Reise zurückgekehrt, habe viele Länder kennengelernt, viele Gerüche, Gewürze in wunderbaren Farben, Früchte, lieblich anzusehen und wohlschmeckend, Feigen und Orangen, Zitronen und Oliven, seltsame Pflanzen und Tiere seien ihm begegnet, er sei voll des Wunders. Sie schwiegen eine Weile. Die Frau stellte sich alles vor, was der Mann gesagt hatte. Sie nickte zustimmend, aber konnte doch in sich keine Neugierde feststellen, ebensolche Reisen zu unternehmen und ebensolches zu erleben. Das sagte sie ihm. „Ja, jeder ist anders", meinte er dazu und schwieg.

Er nahm aber den Faden wieder auf und sagte, dass ihn dennoch wundere, dass sie so gar kein Begehren spüre, die Welt zu bereisen, ihre Schätze mit allen Sinnen kennen zu lernen. „Ja das ist wunderlich", antwortete sie, „aber ich habe keine Lust am Leben. In mir ist eine große Leere." „Vielleicht fehlt dir ein Gesprächspartner", sagte er. „Das kann ich mir nicht vorstellen, sagte sie, denn ich fühle nichts, wenn man mit mir spricht oder mich berührt".

„Seltsam", sagte der Mann, „jeder spürt doch etwas, wenn er angesprochen oder berührt wird".

„Bei mir ist das nicht so", sagte sie, „ich ziehe mich zurück, so dass der andere eine tote Haut berührt".

„Das verstehe ich", sagte der Mann, „aber es muss einen Grund dafür geben".

„Ja", sagte sie, „ich will es nicht, weil ich befürchte, mich aufzulösen, sobald mich jemand berührt, er tötet mich quasi".

Der Mann nickte und schwieg.

„Man hat von klein an meinen Körper berührt ohne mich zu lieben, das spürst du, wenn jemand nur deinen Körper sucht und nichts für dich empfindet. Und wenn du klein bist kannst du dich dagegen nicht wehren. Und dann bleibt das so. Sobald dich jemand berührt, denkst du, das sei gelogen, das sei gar keine Geste der Liebe, sondern du denkst, dass die Person nur an sich selbst dabei denkt, dass ich versucht, deinen Körper auszunutzen".

Die Frau schweigt und der Mann weiß nicht, was er machen soll. Er sagt: „Es ist furchtbar, dass du das erlebt hast und noch furchtbarer, dass du es immer noch erlebst. Du kennst keine Liebe".

Die Frauen sind zurückgekehrt. Sie tragen wieder ihre schwarzen Gewänder und haben auch die Kerzen wieder aus dem Beutel geholt. Sie sind für den Nachbarn unsichtbar.

Die Frau sagt, sie sei müde und würde sich schlafen legen. Der Mann nickt. Die Frau legt sich im Hause wieder in ihr Bett, die dunklen Frauen stellen sich wieder um sie herum und jede hält eine brennende Kerze in der Hand.

Aber die Frau denkt an den Mann, der ihr zugehört hat und der die Welt bereist hat. Vielleicht sollte ich ihn doch auf einen Tee einladen, denkt sie, er ist so ein netter Mensch, er sagte, dass er mich verstanden habe und er findet mein Schicksal furchtbar. Weder er noch ich wissen etwas daran zu ändern.

Sie schlägt die Bettdecke zurück und sagt zu den Frauen:"Ich muss noch mal zu ihrem Nachbarn".

Die Frauen warteten vergeblich auf die Rückkehr der weißen Frau. Da warfen sie ihre schwarzen Gewänder wieder ab und kehrten auf nimmer Wiedersehen in die Stadt zurück, denn so sagten sie sich, die tot geglaubte Frau habe nun Gesellschaft und sei dem Tod entronnen.

Der weiße Traum

Sie hatte ein weißes Kleid an, ein langes mit schwarzen Schleifen. Wenn sie dieses auszog, zog sie ein anderes weißes an. Sie trug nur Weiß und immer Röcke oder Kleider. Ihre Leidenschaft galt dem Eiskunstlaufen und dem Ballet. Es war schön anzusehen, wie sie ihr weißes Röcklein trug. Es drehte sich, es wirbelte, es war wie ein Blütenstrauß von weichen, weißen Federn. Sie wurde umjubelt. Bei jeder Umdrehung gab es viel Applaus. Ihre Sprünge waren hervorragend. Die weißen Rüschen rauschten. Sie drehte sich wie eine Ballerina. An ihren Füßen glänzten bald weiße Ballettschühchen, bald weiße Eislaufstiefel. Immer wieder drehte sie ihren weiß bekleideten Körper, schwang ihn in die Höhe, dann landete er unter viel Applaus auf der Eislaufbahn oder der Ballettbühne. Wenn sie nach ihrer Kür oder ihrem Bühnenauftritt den Beifall empfing, zeigte sie ihre strahlend weißen Zähne und ihre Augen glänzten vor Glück.

Stets lief sie danach schnell in ihre Garderobe und schloss ab. Dann öffnete sie eine Tür im Fußboden, stieg hinab und umarmte ihren Liebsten, der dort auf sie wartete. Er trug einen dunklen, fast schwarzen Mantel und eine Mütze, denn es war kalt im Keller. Wenn sie sich lange genug in den Armen gelegen hatten, stieg sie wieder hinauf. Eines Tages brachte sie ihm einen goldenen Schlüssel. Damit konnte er alle Türen aufschließen und blieb zugleich unsichtbar. So kam es, dass er sie endlich auch auf der Erde besuchte und unerkannt in ihre Wohnung gelangte. Doch hörte man alle Geräusche, die er machte. Man vernahm seinen Schritt, sah ihn jedoch nicht. Die Türen öffneten sich, aber derjenige, der sie öffnete, blieb unsichtbar. Er musste immer gut aufpassen, das war sehr anstrengend. Die Hauptsache, die er beachten musste, um ein Unglück zu vermeiden, war, den goldenen Schlüssel nicht in Berührung mit Glas zu bringen, denn dann würde die "Prinzessin", wie er sie nannte, sterblich werden. Das Leben, das der Unerkannte führte, trug sich immer schwerer. So war es wohl nicht zu vermeiden, dass er aus Zerstreutheit den goldenen Schlüssel gegen eine gläserne Vase schlug. Im selben Moment misslang der "Prinzessin", die sich gerade auf der Eiskunstlaufbahn befand, ein Sprung. Sie fiel jämmerlich zu Boden statt elegant aufzusetzen. Es kam noch ärger. Sie konnte noch nicht einmal mehr auf ihren eigenen Schlittschuhen gehen. Bei jedem Schritt knickten ihre Füße um. Sie wurde ausgebuht. Weinend verließ sie die Eislaufbahn. Sie zog sich in ihrer Garderobe, wo sie ihren Freund nicht vorfand, um und eilte nach Hause. Was hatte er gemacht? Was war mit seiner Ergebenheit geschehen? Sie hatte sich sicher gefühlt und jetzt war es doch passiert. Als sie ihre Wohnung betrat, sah sie sofort, dass der goldene Schlüssel auf dem Tisch lag. Er hatte sie verlassen. Die Wohnung war leer. Von ihm keine Spur. Sie lief aus der Wohnung hinaus, die Treppen hinunter, die Straßen entlang. Überall hastete sie entlang, um ihn zu finden. Es war in einem Park auf der Parkbank, wo sie ihn schließlich entdeckte. Einen Moment lang war sie angerührt, ihn als Mensch unter Menschen zu sehen. Aber dieser Augenblick war schnell verflogen, denn jetzt nahm sie auch die Frau an seiner Seite wahr. Sie sprachen miteinander und das gefiel ihr gar nicht. Hatte sie ihn doch immer allein besessen! Sie stürzte sich auf ihn, und hielt ihn fest. "Du gemeiner Mensch!", schrie sie wütend. Die Frau, die neben ihm gesessen hatte, stand auf und entfernte sich. Sie blieb aber hinter einem der Bäume stehen, so dass er sehen konnte, dass sie auf ihn wartete. "Nein", hörte sie ihn sagen, "ich kehre nicht mehr zu dir zurück!" Er erklärte ihr, dass er nicht noch einmal unsichtbar sein wolle, ihr unsichtbarer Sklave. Da ließ die "Prinzessin" von ihm ab, denn sie spürte, dass sein Entschluss ein für allemal feststand. Sie drehte sich um und ging fort. Sie hatte das Gefühl, ihr Leben sei zerstört.

Wieder zurück in ihrer Wohnung öffnete sie ihren Kleiderschrank. All die weiße Kleidung strahlte ihr entgegen. Ein wenig wie in Trance nahm sie den ersten Bügel heraus, streifte das weiße Kleidchen ab, als wenn sie es von ihren Schultern abstreifte. Es fiel zu Boden. Sie nahm den zweiten Bügel. Sie nahm den dritten Bügel. Es gab viele Bügel in ihrem Schrank und am Ende lag ein hoher, weiß glänzender Wäscheberg vor ihr. Sie wollte auf ihn verzichten. Sie setzte sich aufs Sofa und betrachtete den weiß strahlenden Glanz. Ihre Augen füllten sich mit Tränen. Sie bedeckte sie mit ihren Händen und begann zu schluchzen. Sie gab sich dieser Rührung hin und schlief schließlich erschöpft ein.

Es war dunkel, als sie aufwachte und während sie noch so dalag, fiel ihr ein, wie dunkel es oft in ihrem Leben gewesen war, schrecklich dunkel. Und sie dachte, dass sie sich vielleicht deshalb nach dem weißen Glanz über die Maßen gesehnt hatte. Sie dachte jetzt über vieles nach und merkte gar nicht, dass währenddessen die Nacht verging, sich auflöste.

Mit der Morgendämmerung kam das erste, noch schummrige Licht in den Raum. Sie erhob sich, holte den goldenen Schlüssel und betrachtete ihn in ihrer Hand. Sollte sie ihn wegwerfen? Oder sollte sie ihn doch lieber aufheben? Vielleicht würde sie ihn noch einmal brauchen können und in Versuchung kommen. Sie könnte ihn sicherheitshalber aufheben. Doch dann gab sie sich einen Ruck und fällte die Entscheidung, ihn wegzuwerfen. Sie tat es wirklich und just drang die erste Morgenröte durchs Fenster in ihr Zimmer. Sie öffnete das Fenster und schaute der Sonne zu bis sie ganz aufgegangen war.

Das weiße Licht

„Ich bin so müde!", sagte die Prinzessin, „Ich will hier nächtigen, neben dem Fluss!" „Oh, nein doch!", rief der Prinz, „doch nicht hier! Die wilden Tiere werden dich finden und die Zauberer". „Ich bin so müde", wiederholte die Prinzessin und sank schon ganz bleischwer zu Boden, „geh nur nach Haus, grüß die Kinder, die Sonne und das Haus." „Nein, ich bleibe bei dir", entschied der Prinz und drehte sich zum Pferd. „Mach, was du willst", sprach die Prinzessin und schlief ein. Sie war so müde, so schwer und sank gleich in die Erde immer tiefer und tiefer, so müde war sie und so schwer. Sie sank tiefer als das Flussbett. Als der Prinz sich wieder umdrehte, war der Platz, wo sie gelegen hatte, leer. Er konnte es nicht glauben, berührte das Gras, das so zart war wie die Haut seiner Frau. Da fing er an zu schluchzen und zu rufen: „Wo bist du?!" Aber das half ihm nichts. Da kehrte er zurück zu den Kindern und sagte ihnen, sie hätten keine Mutter mehr. Das war ein Jammern und Traurig sein, ein Leben so elend und leer.

Oft besuchte der Mann den leeren Platz und gedachte seiner dahingegangenen Frau. Eines Tages, der Mond schien so berauschend hell, schlief er daselbst ein. Er träumte von einem hellen, weißen Licht, das allumfassend strahlte, kurz darauf sah er einen weißen, rauschenden Wasserfall, wie über Treppen fiel das Wasser unaufhörlich hinunter, schließlich sah er die weißen Schaumkronen der Meereswellen. Es kamen weiße Bettlaken vor sein

Gesicht, weiße Margeriten, weißes Papier, weiße Leinwand, und plötzlich schlief er in seinem Traum ein. Ihm träumte, dass er mit seiner Frau umarmt lag. Sie freuten sich des Wiedersehens herzlich. Da stutzte er: „Du bist ja ganz weiß gekleidet wie ein Engel und deine Haare sind ganz weiß geworden!" „Ja!", antwortete sie, „Ich bin tot!" Da erschrak der Mann. „Und in dein Haar", fuhr sie fort, „mischt sich auch schon Graues". „Ja", erwiderte er. Dann wachte er von seinem Traum auf. „Grüß die Kinder!", hörte er sie ihm noch nachrufen. So oft er auch später wieder hierher kam, er sah nie wieder dieses weiße Licht, das ihn zu seiner Frau führte.

Eines Tages saß an der Stelle, wo seine Frau in die Erde gesunken war, eine Frau in einem roten Kleid. Er erschrak heftig und sein Herz klopfte. Sie musste wohl seine Anwesenheit gespürt haben und drehte sich um. Auch sie erschrak. Warum sie gerade auf diesem Flecken rastete, fragte er sie. Da lachte sie und meinte, dass hier die Lichtung und das Ufer besonders schön seien. Sie habe diese Stelle als ihren Lieblingsort auserkoren. Sie lachte wieder und eine schwarze Locke löste sich aus ihrem aufgesteckten Haar. Jeden Tag trafen sie sich zur selben Zeit und jeden Tag rückte er ein Stück näher, so dass sie eines Tages dicht beieinander saßen und auf den Fluss hinausblickten. Das Mondlicht war weiß und leuchtete. Unwillkürlich dachte er an seine verstorbene Frau. Er legte sich zurück ins Gras und schlief ein. Auch sie ward von dem Mondlicht berauscht und legte sich zurück ins Gras. Sie sah, dass er eingeschlafen war. Aber ach, wie erschrak sie, als sie seine ganz ergrauten Haare sah und ihr schien, als würden sie, während sie hinblickte, weiß. So weiß wie seine Gesichtsfarbe, die sich auch verändert hatte, denn so blass war sie doch vordem nicht gewesen. Und ach, war das wirklich? Sank er tiefer in die Erde hinein oder träumte sie? Schnell warf sie sich auf ihn und rüttelte ihn. Stürmisch küsste sie ihn wach. Da belebten sich seine Glieder. Er schlug die Augen auf und sah sie verwundert an. „Wo bist du gewesen?" rief sie ängstlich. „Ich wäre beinahe gestorben" sagte er, „es zog mich zu ihrer toten Frau, vielleicht war ich es auch, die mich zu sich zog, ich weiß es nicht". Dann zog er die Frau neben sich sanft an sich und sagte: „Jetzt aber bin ich froh, bei dir zu sein und so soll es bleiben, wenn du willst!" Da lächelte sie ihn an. „Ja!", erwiderte sie und schmiegte sich an ihn. Längst war es dunkel geworden. Als die Vögel zwitscherten und die Morgensonne das Liebespaar begrüßte, erhoben sie sich und gingen zu den Kindern.

Der Wolf

Schwer war das Vorwärtskommen, der Schneesturm wälzte sich im Gesicht, aber das Schlimmste war die Erschöpfung, dass sie aushungerte, kraftlos war, die Arme fielen von den Schultern nieder und halfen ihr nicht mehr bei der Bewegung, ihr Schritt wurde schleppend, sie keuchte, es drohte Gefahr, dass sie umfiel. Sie wusste nicht, woher er kam, er war plötzlich da und hob sie auf, legte sie auf seine Schulter, mit dem Kopf nach hinten, stapfte vorwärts. Als sie ihren Kopf hob, sah sie plötzlich ein Tier das ihnen folgte, ein Wolf. Sie hätte dem Mann ein Zeichen geben müssen, obwohl ihre Erschöpfung keine Bewegung ermöglichte. Der Schneesturm war laut, sie wusste nicht, ob sie ihn übertönt hätte, allein sie hätte mit den Beinen strampeln müssen, mit ihren Händen auf seinem Rücken klopfen, aber sie starrte mit weit aufgerissenen Augen auf das Tier, sie sah direkt in seine Augen, und der Wolf sah in ihre Augen und ließ nicht locker. Unsere Augen wichen einander nicht aus, sie sah die Gefahr mit offenen Augen, dass der Wolf sie zerreißen würde, ihr Leben bedrohte und sagte doch nichts, sie behielt ihre Angst und ließ sich Schritt für Schritt von einem, der nicht wusste, was sich hinter seinem Rücken abspielte, forttragen, weiter, in Sicherheit bringen. Sie bemerkte, dass der Wolf immer den gleichen Abstand hielt, während er sie ansah und sich dem Schritt des Mannes anpasste. Es schien ein ruhiger Wolf zu sein, der warten konnte, der seine Beute nicht sofort angriff und zerfleischte.

Er hatte Ausdauer, aber sie auch. Sie blickte ihn immer noch unverwandt an, obwohl es für sie, für ihr Genick, sehr anstrengend war, denn sie musste ja ihren Kopf dazu heben. Mittlerweile erschien er ihr nicht mehr so wolfig, so ungeheuerlich, aber vielleicht wartete er nur darauf, dass sie sich entspannte und den Kopf nach unten hängen ließ. Doch wie konnte es sein, dass er sie fixierte, sie sah, dass er sanfte Augen hatte, sie konnte sich plötzlich nicht vorstellen, dass er ihr etwas zu leide tat, aber er war ein Tier und er hatte sie bisher nicht in sein Maul blicken lassen, da mussten gefährliche Zähne hausen. Sein Fell wirkte warm und weich, ja, jetzt fiel es ihr auf, dass die Schneeflocken gar nicht auf ihn niederfielen oder nur vereinzelt, das Wetter hatte sich beruhigt, der Schneesturm. Schließlich war sie ermattet, und zu dem Zeitpunkt stieß der Mann eine Tür auf und legte sie auf den Fußboden nieder, da kam das Tier und legte sich an ihre Seite, bot ihr Wärme und sein weiches Fell. Aber was wollte es bei ihr, was konnte sie ihm geben? Sie legte ihre Hand in seinen Nacken und kraulte ihn unbeholfen. Der Mann machte Feuer und kochte Suppe. So blieb es die nächsten Tage. Wir schliefen in einem Bett, sie in seiner wärmenden Umarmung, aber weder sprachen wir noch wurden wir in den Nächten ein Paar. Er ließ sie ganz in Ruhe. Sie müsste wohl Hausarbeit machen, kochen, nähen, putzen usw., vielleicht würde er sie bald hinauswerfen, er besorgte ja alles, was getan werden musste Wenn nur der Frühling da wäre und sie Land sehen könnte, dann könnte sie ihres Weges gehen, ihn verlassen, in Ruhe lassen. Er war ein Russe, manchmal sagte er etwas, aber sie verstand ihn nicht, sie war eine Deutsche, aber er warf sie nicht hinaus aus seinem Haus, er legte ihr auch keine Kartoffeln vor die Nase und ein Kartoffelschälmesser oder drückte ihr einen Putzlappen in die Hand oder zeigte ihr den fehlenden Knopf auf seinem Hemd, auch das Bügeleisen stellte er ihr nicht hin, nein, er stellte einen kleinen Tisch ans Fenster, hieß sie, sich auf den Stuhl davor zu setzen, verschwand und kam mit einem Stapel weißem Papier wieder, das legte er ihr auf den Tisch und gab ihr eine Schreibfeder. Wie konnte das möglich sein? Er ließ sie schreiben, während er arbeitete und die Hausarbeit besorgte. Tag für Tag sah sie durch das Fenster hindurch wie der Schnee weniger wurde, während der Stapel ihrer beschriebenen Blätter anwuchs. Der Wolf hatte sich Tag für Tag neben ihren Schreibtisch nieder gelegt und verfolgte gelassen ihren Prozess. Nun lächelte er sie auch zuweilen an und sie lächelte zurück, auch des nachts waren wir jetzt dichter beisammen und sie spürte wie ihr Atem von mal zu mal schneller ging. Er musste verstanden haben, dass sie Schmerzen hatte, dass es einen Grund hatte, dass sie hier oben in der weißen Einöde angekommen war und dass es ein langer Weg war, der an ihren Kräften gezehrt hatte, dass sie keinen Spielraum mehr hatte, sie musste sich jetzt schonen. Eines Tages hatte sie alle Blätter beschrieben, der Schnee war geschmolzen und sie lagen in der Nacht wach, sie fühlte seine und ihre bebende Brust und hörte das Verlangen in ihr sprechen. So kam es, dass sich ihr Liebesbegehren erfüllte. Der Wolf wurde endgültig ihr Freund, sie weiß nicht wie oft sie ihn seitdem gekrault hatte, obwohl er ihr seine scharfen Zähne zeigte, aber er biss nie zu. Sie vertraute ihm, dass er sie nicht beißen würde, gar zerfetzen und zerfleischen, das war ganz in den Hintergrund gerückt, diese Befürchtung, aber daran denken musste sie manchmal.

Weinende Frau

Es war einmal eine weinende Frau. Die Leute sagten: „das ist nicht so schlimm, wir weinen alle mal, das gehört so zum Leben".
Dann schrie die Frau und die Leute sagten: „Muss die Frau denn so schreien?! Das ist öffentliche Ruhestörung! Aber gut, wir lassen sie sich einmal ausschreien, dann gibt sie Ruhe. Das ist wie bei den Babies. Wenn man sie schreien lässt, hören sie irgendwann auch wieder auf. Das Schreien trainiert die Lungen".
Dann wurde die Frau gewalttätig. Sie weinte nicht nur, sie schrie nicht nur, sondern jetzt schlug sie um sich und warf mit Steinen, zerschlug Gegenstände und sogar Fensterscheiben. „Eine Randaliererin!" riefen die Leute „und das ist noch milde ausgedrückt. Sie muss in die Irrenanstalt, in die geschlossene Anstalt. Wir haben genug Geduld mit ihr gezeigt".
„Warum kann sie sich nicht ausdrücken wie jeder anderer Mensch das tut, der etwas auf sich hält. Man kann doch nicht nur an sich selbst denken, man muss doch auch die anderen im Auge haben und rücksichtsvoll sein. Wahrscheinlich hat sie eine schlechte Erziehung genossen, dass sie sich so frech und unverschämt gebärdet. Mitleid ist hier am falschen Platz, denn sie hat Leute bedroht, sogar geschlagen. Da hört der Spaß auf"
Die Frau wurde in die Psychiatrie eingeliefert. Dort bekam sie die Möglichkeit, sich im Rollenspiel zu erproben. Sie schlüpfte gerne in Rollen, in denen sie

eine randalierende Person spielen konnte, sie schrie, schlug, kämpfte bis zur Erschöpfung. Doch dann musste sie sich bereit erklären, die Beschimpfte zu spielen, die Angegriffene, die durch Gewalt Bedrohte. Das fiel ihr außerordentlich schwer. Gerne hätte sie sich davor gedrückt, doch dann hätte man sie von der Rollenspiel-Gruppe ausgeschlossen, das wollte sie nicht, denn es machte ihr auch Spaß. Allmählich merkte sie wie „beschissen" sich eine gedemütigte Person fühlte und es kam soweit, dass sie bitterlich weinte, doch dann wurde sie plötzlich enorm wütend und wies die randalierende Person, die sie angriff und demütigte in ihre Schranken. So fand sie zu ihrem eigenen Gleichgewicht zurück. Sie bemerkte jetzt, wo sie verletzend war und die anderen Menschen unglücklich machte. Sie überschritt nie mehr die Grenze, lernte Rücksicht zu nehmen und erfuhr an sich selbst, dass sie auch von anderen Rücksicht erwarten durfte, sogar durfte sie das fordern, denn nur so, lernte sie, kamen die Menschen gütlich miteinander aus. Nachdem sie diese Stabilität erreicht hatte, widmete sie sich der Ursache ihres Unglücks, wobei ihr die Therapeuten in jeder Weise halfen, so dass sie eines Tages gestärkt die Psychiatrie verlassen konnte.

Die Leute staunten über die Verwandlung der Frau und freuten sich, sogar suchten sie nun manchmal Rat bei ihr, wenn ihr Leben außer Kontrolle geriet, denn das passierte auch ihnen.

Das dritte Auge

Als das dritte Auge sich öffnete, sprang frisches Quellwasser hervor. Ein schnell fließendes Gebirgsflüsslein, einige mochten wohl ihr Gebirgsbächlein, sein Wasser war frisch, hell und klar, freudig dahin sprudelnd.
Die Frau zog Holz und Steine aus dem Wasser, damit der Fluss noch ungehinderter fließen konnte. Sie stellte sich mit ihren nackten Füßen hinein. Es war ein flaches Wasser, aber reißend. Sie ging ein Stück mit dem Strom und merkte, dass der Wasserpegel stieg. Dann, als sie noch ein Stück weitergegangen war, bemerkte sie in der Mitte des Wassers eine Blutspur, die immer breiter wurde, bis schließlich alles Wasser blutig war und die Frau vollkommen im Blut stand. Das Blut war weiter angestiegen und die Frau spürte, dass sie von dem Blut trinken sollte, aber sich weigerte. Der Druck wurde jedoch immer drängender, so dass sie nachgab und aus ihren bloßen Händen das Blut schlürfte. Gleich darauf hatte sie keine Hemmung mehr und trank so viel sie brauchte, um sich zu stärken. Als sie noch weiterging, färbte sich das Blut Schwarz. Ihr kam spiegelbildlich ein junger Mann entgegen und jetzt waren sie sich schon sehr nahe. Die schwarze Flüssigkeit wurde fester. Als sie sich in den Armen hatten, war es ein schwarzer zäher Brei, der sie umgab und aus dem sie nicht vorwärts und nicht rückwärts kamen. Er stieg immer höher und während sie in dieser schwarzen Masse versanken, war aus den zwei Menschen einer geworden.

An dieser Stelle des Flusses, der wieder klares Wasser bewegte, wuchs später ein schwarzer Baum hervor. Er hatte auch schwarze Äste und schwarze Blätter, sogar seine Früchte waren schwarz, klein und rund wie Kirschen sahen sie aus. Niemand mochte von den Früchten des Baumes essen, denn alle glaubten, es sei ein giftiger Baum.

Aber die Kinder kümmerten sich nicht darum. Sie pflückten die schwarzen Früchte und öffneten sie. Da sahen sie, dass sie nur außen schwarz waren, das Fruchtfleisch war rot und im Inneren lag ein weißer Kern. Sie sammelten viele weiße Kerne und türmten sie aufeinander zu einem kleinen, weißen Berg. Daraus entstand die weiße Frau, die Braut in ihrem weißen Hochzeitskleid. Sie lächelte, als sie die Kinder sah. Auf ihrem Kopf lag ein geflochtener Kranz aus roten Blüten, und ihre Hand hielt einen langen, schwarzen Stab. Die Kinder waren des Staunens voll, aber fragten die Braut, wo denn der Bräutigam abgeblieben sei. Da erlosch das Lächeln der Braut, sie erzählte den lauschenden Kindern, dass sie ihren Liebsten im Fluss, dort, wo jetzt der schwarze Baum stünde, verloren hätte. Sie glaube, dass der schwarze Stab etwas mit ihm zu tun habe, aber sie wisse nicht was und dass sie ganz und gar verzweifelt sei, nur die leuchtenden Augen der Kinder erfreuten sie. Die Kinder trauerten mit der Frau, aber dann hatte eines von ihnen eine Idee. Es flüsterte den anderen etwas zu und fragte dann die Frau, ob sie sich den Stab mal ausleihen dürften. Sie könne sicher sein, dass sie ihn zurückbrächten. Nach längerem Zaudern willigte die verlassene Frau ein. Die Kinder liefen mit dem Stab zu den Klippen, dort, wo der Fluss vorbeieilte und reißend wurde. Sie hielten den Stab hinein, hielten ihn mit aller Kraft fest und sagten: "Lieber Fluss, du musst einmal aufhören so reißend dahin zu schnellen, denn wir suchen jemanden in deinem Flussbett. Dies ist ganz sicherlich ein Zauberstab und wird dich zum Stoppen bringen. Aber habe keine Angst, sobald wir den Bräutigam gefunden haben, nehmen wir den Zauberstab aus deinem Wasser heraus und du kannst dich wieder austoben. Wenn du uns hilfst, kannst du sogar noch viel schneller wieder in deinem Element sein!"

Der Fluss, von dem Zauberstab angehalten, sagte zu den Kindern, dass es da eine Stelle gäbe, die ihn stets in seinem schnellen Lauf etwas hindere. Er wäre ihnen dankbar, wenn sie dieses Hindernis wegnähmen, damit er wieder so schnell wie möglich sein könnte, denn das mache ihm viel Spaß. Natürlich waren die Kinder einverstanden und als sie an die Stelle kamen, berührten sie mit dem Zauberstab dieses Hindernis und der Bräutigam erhob sich aus dem Wasser! „Hierher! Hierher!"riefen die Kinder. Als der Bräutigam bei ihnen war, dankten sie dem Fluss, der freudestrahlend und ungehindert weiter rauschte. Dem ungläubig darein blickenden Bräutigam aber führten sie zu seiner Braut. Es wurde ein großes Kinderfest gefeiert, auf dem die Braut und der Bräutigam Ehrengäste waren, der schwarze Baum aber, dessen Früchte die Kinder alle abgepflückt hatte, war verschwunden, da fiel den Kindern auch der schwarze Zauberstab ein, aber auch der war verschwunden. Darüber fingen alle an zu lachen, sie schüttelten sich sogar vor Lachen, sie lachten lange, denn sie wussten nicht, ob sie geträumt hatte. Aber das Lachen war wirklich und sie erzählten sich noch lange die Geschichte.

Der Lange

Ein Mensch liegt im Gras unter dem Apfelbaum. Da kommt eine Schulklasse und bewirft ihn mit herunter gefallenen Äpfeln. Als sich der Getroffene erhebt, wird er ganz groß und größer, ganz lang mit einer hohen, spitz zulaufenden Mütze auf dem Kopf ähnlich einer Schultüte. Er schaut auf die Bande hinunter und bewegt sich, die Äpfel einzusammeln, auch noch den Baum zu schütteln und die Äpfel in Körbe zu legen, sogar diese zu einem bestimmten Haus zu bringen. Nachdem die Körbe hinter einem hohen Tor, das zum Haus gehört, abgestellt sind, schließt er dieses, jedoch nicht ohne den Jungs Äpfel für zu Hause mitgegeben zu haben. Nur den Zipfel der hohen Mütze sehen diese noch über das Tor hinausragen. Dann verschwindet der Mann im Hof und wird immer kleiner, was aber die Jungs nicht sehen.
Nach längerer Beratschlagung klingeln diese vorne an der Eingangstür und fragen die Frau, die die Tür öffnet, ob sie einen Riesen gesehen hätte? Oh ja!, erwiderte sie, der hätte ihr viele Äpfel gebracht und sei wieder gegangen. Das Komische sei gewesen, dass sie beim Auflegen der Äpfel auf die Regaletagen zufällig durchs Fenster geblickt hätte und da schien ihr, als flöge der Lange mit der hohen, spitzen Mütze durch die Luft. Sie habe vor Schreck den Apfel fallengelassen, den sie gerade hielt und sei dann aber sofort, nachdem die Schrecksekunde vorbei war, ans Fenster getreten, habe sich sogar hinausgelehnt und da

habe sie gesehen, dass der Lange flog und flog bis er im Himmel verschwunden war.

Die Jungen ließen die Frau stehen und liefen schnell hinters Haus und blickten minutenlang zum Himmel hinauf. Nichts geschah. Als sie auseinandergingen, hoffte jeder, den Langen noch einmal wieder zu treffen. Den Apfelbaum erkoren sie zu ihrem Treffpunkt aus. Sie bewarfen aber niemanden mehr, den sie schlafend unter dem Baum antrafen, mit Äpfeln. Das war Ehrensache geworden.

Weiß

Ein Mensch sah eines Tages nur Weiß, alles, was weiß war, sprang ihm ins Auge und von dort in sein Inneres. Zuerst freute sich dieser Mensch, dass ihm auch einmal Weiß auffiel und in sein Inneres drang, aber dann begann eine Zeit der Beunruhigung, weil es ihm nicht mehr gelang, alle anderen schönen Farben für sich zu entdecken und in seinem Herzen zu tragen. Alles war weiß geworden. Die anderen Farben verloren ihren Zauber und waren plötzlich nichts mehr wert. Sie langweilten den Menschen, seine Gefühle für die Farben waren abgestumpft.
„Wie traurig!", dachte der Mensch, der dies nicht ändern konnte. Es war ihm, als hätte er die Welt verloren, den bunten Zauber, das Flirten, das Liebäugeln mit dem Weltlichen. Wenn er die Hand ausstreckte, schien sich die Welt vor ihm zurückzuziehen wie vor einem Monster. „Kein Wunder!", dachte der Mensch, „so weiß, wie ich angezogen bin, da muss man ja das Fürchten bekommen. Unberührbar scheine ich".
Da machte er eine Erfahrung. Er setzte sich zu einem kleinen Mädchen, das auf einem Kantstein des Bürgersteigs saß und erzählte ihm eine Geschichte. Das Mädchen lachte auf, als er fertig erzählt hatte und strahlte ihn an, dann zog es aus seiner Hosentasche einen sehr kleinen, leuchtenden, blauen Stein. „Den schenk ich dir für die schöne Geschichte!", sagte es und lief weg. Der Mensch besah den Stein: Ein Türkis!, dachte er und sah in die Richtung, in die das

Mädchen gelaufen war. Seitdem erzählte der Mensch kleinen und großen Leuten, die ihm zuhören wollten, seine Geschichten und so kam es, dass seine Welt wieder bunt wurde und viele Farben aufleuchteten.

Als der Mensch alt war und auf einer Bank saß, kam ein kleines Mädchen angelaufen und setzte sich neben ihn. „Darf ich dir eine Geschichte erzählen?", fragte ihn das Mädchen. „Nur zu!", erwiderte der Mensch, „ich hör dir schon zu". Als das Mädchen seine Geschichte zu Ende erzählt hatte, lächelte der alte Mensch, denn er hatte seine eigene Geschichte wiedererkannt. „Deine Geschichte gefällt mir sehr!" sagte er zu dem Mädchen und zog aus seiner Hosentasche den blauen Stein, den er immer bei sich getragen hatte und gab ihn dem Mädchen. Das Mädchen strahlte. „Ein Türkis!" rief es und lief weg.

Der Mensch, der weiß gekleidet war, sah dem Mädchen hinterher, das sich mehrmals umblickte und ihm zuwinkte. Auch unser Mensch winkte, bis das Mädchen immer kleiner geworden und schließlich fort war.

Der Mensch lächelte. „Die Welt besteht aus Geschichten", sagte er vor sich hin, „oder etwa nicht?" Als er gesprochen hatte, blieb er vor einem weiß blühenden Fliederbaum stehen und sah ihn an. Er trat an die Blüten heran und sog in einem tiefen Atemzug ihren Duft ein. „Nein", sagte er," die Welt besteht nicht nur aus Geschichten, sie besteht noch aus viel mehr, aber auch aus Geschichten!"

Weitere Bücher:

Dreiklang
Kurzgeschichten

Zweiklang
Familiengeschichten

Fünfklang
Männergeschichten

Einklang
Briefwechsel

Der goldene Taler
37Märchen

In Arbeit:

Die Gedichte
Die Reisen
Die Trennung